CW00868160

UM DESEJO MORIBUNDO

RAZOR LIVRO 1

HENRY ROI

Traduzido por
ANA LUÍSA BARRADAS

—Ouve-me, rapaz! Não podes dar um murro nele. Tens de pensar mais nele.

- Fred Williams -

I. UM ESTRANHO CONHECIDO

Já faz um tempo desde que alguém enfiou uma arma na minha cara. A`minha linha de trabalho enquanto adolescente me fez olhar para o lado errado de uma pistola um total de seis vezes. Quando eu tinha dezoito anos, quase matei um homem. Peguei na sua arma e bati sem sentido com ela na sua cabeça drogada. Os crimes relacionados às drogas na costa do Mississippi não mudaram muito nos últimos nove anos.

Esse atirador de metanfetamina na minha frente não é diferente do último idiota, um viciado com medo de morrer em busca desesperada de uma marca neste lugar tranquilo de oportunidade, à espera de levar uma boa quantia que ele podia enfiar no seu braço magricela.

Suspirei com uma espécie de alívio, tentando, sem sucesso, reprimir um sorriso ansioso. Levantei as minhas mãos. Eu esperava, sonhando, que algo assim acontecesse. A vida tem sido maçadora desde que eu mesmo me aposentei do crime. E os esforços legítimos que procurei nos últimos anos são tão emocionantes quanto assistir duas geriatras a arrastar as suas scooters elétricas. Esse era o tipo de perigo que eu costumava viver.

O que aconteceu com aquele homem?

Ele cresceu uma vagina, o meu subconsciente me deu um soco. Ultimamente essa consciência incômoda tem sido vocalizada demais para meu conforto.

— Me dê o seu dinheiro! — O homem gritou para mim, pistola a acenar, a balançar a dois pés do meu rosto. As suas feições encolhidas eram pálidas, suadas e com a barba por fazer. Cabelos compridos e oleosos, brilhavam grosseiramente sob as luzes da garagem. A sua voz ecoou nas paredes de concreto, no teto e nos carros que enchiam quase todos os espaços. — Você quer levar um tiro? Dê-me a porra do seu dinheiro!

Sou abençoado com mãos esquisitas e rápidas. Armas letais que eram muito mais rápidas que os olhos e me permitiram viver no mundo do crime por mais de uma década sem carregar uma arma. Na minha opinião, a arma na minha cara era apenas mais uma luva de soco para o meu gancho esquerdo atacar como uma víbora, um movimento que aperfeiçoei em várias academias e dezenas de torneios de boxe. Eu tinha confiança absoluta de que poderia bater e atordoar a sua mão antes que ele pudesse puxar o gatilho.

As minhas mãos e ombros levantados relaxaram um milésimo de segundo antes da minha mão esquerda disparar para o lado da arma, apertar o punho, socar e esmagar os seus dedos dolorosamente no aço, enquanto bato a arma à minha direita, da sua mão. O meu outro punho seguiu, um direito direto que penetrou no seu queixo frágil, combinação de duas peças batidas em menos de um segundo. Ele devia ser um viciado em carreira, corpo faminto por cálcio, porque a sua mandíbula parecia se partir numa dúzia de fraturas, uma trituração que senti e ouvi antes de redefinir a minha postura, mergulhar na arma que batia no concreto.

Ele gritou, caiu duro de traseiro, as mãos indo para o queixo, bochechas. Ele gritou alto, um grito que não pôde ser pronunciado corretamente por causa da incapacidade de abrir a boca.

Peguei na arma e fui até ele. — Nunca fique tão perto da sua marca. — Eu disse, a inclinar a arma para cima. Eu abri o cilindro. Seis balas 0,32 caíram na minha palma. Eu as coloquei no bolso, limpei as minhas impressões digitais da arma e lancei no seu colo. — Cadela manca. Você merece pior por ser tão estúpido.

Ele choramingou em resposta.

Eu girei na ponta do pé e caminhei até à rampa que levava ao próximo nível, sentia uma satisfação suprema que inchou o meu peito, braços e Johnson.

Apenas sentar na Hayabusa me fez um rei. A Suzuki era um modelo de 99, mas tinha sido reconstruída e personalizada tantas vezes que perdi a conta. Coloquei a chave na ignição entre o guidão e girei. O farol e a luz traseira brilhavam intensamente. Aperto o botão de partida no punho direito. O motor de 200 cv de potência acendeu com vida, um escapamento poderoso vibrou em todo o meu corpo. Os meus jeans, camiseta branca e jaqueta de couro cinza zumbiam. Os pelos do meu braço ficaram excitados. O capacete integral combinava com a tinta da mota, branca e cinza-metal. Puxei-o sobre a cabeça e fechei o escudo facial, prendi a alça do queixo. O cheiro de combustível bruto no ar das câmaras de combustão aqueceu o meu peito enquanto eu afastava a máquina possante e a engatava.

Eu tinha de me apressar para chegar a tempo de encontrar com a minha garota na casa de nosso ex-treinador. Eu podia imaginá-la a esperar no quintal, com os braços cruzados, os pés a bater. Eu sorri amplamente. Ela adorava ter uma desculpa para mexer comigo. Ou me bater. Eu afastei o acelerador e decidi aproveitar o cruzeiro, o capacete escondido atrás do para-brisa, relaxado no topo do tanque de combustível, a ir para o leste sem pressa.

A saída 50 leva à Washington Avenue e ao centro de Ocean Springs. Fui para o sul em direção à praia e entrei na entrada de carros de Eddy alguns minutos depois. A casa do meu treinador era praticamente uma mansão. A fachada de estilo colonial, branca e azul, tinha várias colunas e uma varanda coberta no segundo andar. Enquanto eu conduzia pelo longo caminho íngreme, notei que os canteiros estavam vazios e os arbustos não eram tão aparados quanto pareciam da rua.

Acho que é difícil de manter quando você está morto, meu subconsciente me disse. Idiota.

Eu rosnei para fora, sentindo-me ameaçador para me enfraquecer. Pensar no assassinato de Eddy é a única coisa que me faz chorar desde que eu era adolescente. Quando eu tinha catorze anos, minha mãe foi morta durante uma batida policial no clube de motociclistas. Eu não chorei desde então. Eu tenho de agradecer a Rob por isso. Ele era um velho mecânico fora da lei da Harley com quem eu andava às vezes. Lembro-me de ele agarrar o meu traseiro choroso, me dar um olhar assustador e declarar que a minha vontade é fortalecida pela morte de Roxanne, uma nova espada puxada de uma forja, que imergia mais madura, temperada e inquebrável. Eu amei o jeito que soou, por isso ficou comigo.

Enquanto criança, a única figura paterna que eu tinha era Eddy. Ele abriu o mundo do boxe para mim. Perdemos o contato depois que conheci o Pete e decidimos fazer da minha carreira o crime, em vez do boxe profissional. Não vejo Eddy há anos e não me sinto tão perto dele como antes. Ainda assim, algo estava a acontecer naquela prisão neuronal supermax onde mantenho as minhas emoções mais fracas.

Hmm. Eu simplesmente não ligava para isso. Os sentimentos são para os fracos, as ovelhas, os coxos.

A casa estava iluminada, luzes inundavam de brilho o quintal. Olhei para o meu Tag Heuer, 21h36. Sim, a Blondie estava furiosa. Estou com meia hora de atraso. Boa. Um argumento saudável, então incrível sexo de reconciliação.

Eu sentirei muito, muito mesmo.

— Sim, eu vou. — Murmurei em antecipação, ao estacionar ao lado da *pick up* de Blondie, uma Ford '52. Matei o motor, estendi o suporte e tirei o capacete. Sem o capacete, pude ouvir uma comoção que parecia vir do quintal. Eu parei a minha respiração, para ouvir os sons de uma... luta.

É uma luta!

— Ah, inferno! — Corri pela casa e vi uma cena dos meus sonhos. Blondie estava numa batalha feroz com outra garota, os seus longos cabelos a esvoaçar ao redor das suas cabeças, loira vs morena, braços e pernas rasgados a flexionar explosivamente enquanto resmungavam expulsões femininas, punhos voavam. Os holofotes brincavam sobre elas como efeitos especiais, raios brilhantes que contrastavam com a escuridão ao seu redor. Eu fiquei de pé e assisti, congelado e confuso. A cena se tornou um pesadelo quando percebi que a Blondie estava fora de seu alcance.

Como ex-campeã mundial de amadores, a minha garota tem uma vantagem sobre a maioria dos filhotes corajosos o suficiente para trocar golpes com ela. No entanto, essa garota aqui era um animal, muito obvio uma lutadora profissional, forte e de longe mais rápida que a Blondie. Eu estava a debater se deveria ou não interferir. Blondie não aguenta quando eu a salvo, prefere usar as suas próprias habilidades muito capazes de cuidar dos negócios. Felizmente (ou infelizmente), a luta terminou abruptamente e me fez pensar em mim.

A garota enfurecida pegou Blondie com uma mão direita que a derrubou no chão instantaneamente. Blondie bateu e amassou, a luta foi completamente tirada dela, e eu estremeci. Ela se esparramou ao lado de algum nerd que eu acabei de reparar, que estava a segurar o seu estômago com dor, embora fora dos cones de luz no escuro.

A garota girou na minha direção, sentiu uma nova ameaça, e meu Johnson encolheu com o olhar que ela dirigiu para mim. Uma sede de sangue louca e febril consumiu completamente essa garota. Ela respirava como um texugo raivoso, com rosnados que lhe deixavam os olhos lunáticos. As narinas queimavam, as veias erguiam-se dos seus músculos como se ela estivesse a tomar todos os suplementos de desempenho conhecidos pelo homem. Ela tinha cerca de cinco e oito, uma trinta e cinco, algumas polegadas mais baixa que a Blondie, embora mais dez kilos. Todos os músculos de alta qualidade e altamente treinados fizeram com que ela parecesse uma medalhada de ouro olímpica, exibida por sua blusa preta, calções de corrida e manga de compressão que cobriam todo o braço esquerdo.

Ela se lançou para mim, cobriu os seis metros entre nós mais rápido do que qualquer humano que eu já vi, punhos erguidos para trazer o drama. Senti a agitação da incerteza antes de levantar os punhos e entrar numa posição confortável. Algo nessa garota era familiar, embora eu não tivesse tempo para refletir sobre as possibilidades antes que ela atacasse.

Um dois três quatro! A sua combinação brilhou na

minha cabeça. Dei um tapa nos dois primeiros socos, as palmas das mãos ecoaram em seu poder, balancei para a esquerda e depois para a direita e novamente esquerda e direita. Lancei imediatamente uma combinação de quatro passos. Ela pegou e escorregou, espalhou os meus movimentos.

Espere um minuto...

Ela girou, fingiu um soco, espetou com força bem atrás dele. Eu li o movimento, inclinando-me para a direita e para a frente, lancei um soco que deslizou pelo braço dela e, POP! Esmagou na sua bochecha. Antes que eu pudesse acompanhar, uma cruz direita surgiu do nada e bateu no meu ouvido, incrivelmente forte, quase me derrubou. Eu tropecei e ela saltou para cima de mim, dando vários socos antes que eu pudesse sair do seu alcance. Eu circulei em torno da mulher louca com um novo respeito, com admiração.

Você só pode estar a brincar comigo. Onde diabos ela aprendeu isso? Essa era a minha jogada. Pegue um *jab* para acertar uma cruz direita. Era como se eu estivesse a lutar.

Ela arrastou os pés, plantou o pé traseiro e se lançou contra mim com combinações na minha cabeça e corpo, pontuando-os com as coxas que assobiavam a milímetros do meu queixo. Era tudo o que eu podia fazer para mantê-la longe de mim. Fiquei tão surpreso com a sua velocidade, poder e habilidade que não consegui entrar no modo de luta. Eu nunca lutei com uma mulher antes. Eu briguei com garotas várias vezes, mas nunca pensei que eu estaria a lutar pela minha vida contra uma garota que poderia sucatear tão cruelmente. Ela estava literalmente a tentar fazer buracos em mim, a sua habilidade no boxe combinava com o melhor que eu já tive no ringue.

Finalmente consegui pousar na mão direita. Ela nem

sequer piscou, atirou de volta depois que o meu soco caiu, me acertou com o direito dela. Eu o sacudi, ao recuar. Senti um movimento à minha esquerda e olhei para ver um enorme homem preto parado em cima de Blondie e o nerd, uma arma na mão. Ele gritou para o meu oponente: — Chefe! Afaste-se! Eu o peguei! — Ele apontou cuidadosamente para mim.

A garota não pôde ou não aceitou a sua ajuda. Ela estava em completa submissão ao seu instinto assassino. O seu comportamento disse que ela só tinha de me tirar. Ela estava brava por eu poder encaixar.

Ela disparou para dentro do meu alcance e começamos um festival de lesmas, a jogar o mais rápido que podíamos, a esmurrar um ao outro com socos duros, mais pegodas pelos nossos braços.

Ouvi uma breve briga e notei perifericamente que a Blondie havia se recuperado e de alguma forma conseguido tirar a arma do gigante. Ela disse para ele: — Não, você está errado, seu grande filho da puta. Eu peguei você. — Ela balançou a arma e ele se ajoelhou.

Evitei um ataque violento, afastei o meu oponente de mim e Blondie mancou e enfiou a arma na cara da garota-fera. — Vá para o chão com os seus amigos, sua puta louca.

Antes que eu pudesse avisar Blondie, a garota levantou as mãos e jogou um gancho de raio na mão dela que estava a segurar a arma. A arma disparou uma língua de fogo sobre as suas cabeças antes de voar a quinze metros de distância e bater no chão. A garota-besta seguiu com uma bomba na mão direita que teria quebrado o rosto inteiro de Blondie se ela não tivesse se desviado quando o atingiu, diminuindo o impacto. Blondie se afastou desesperadamente e eu corri e ataquei o nosso inimigo, rolei para cima dela, sem pretender prejudicá-la ainda mais, uma revelação assustadora me atingiu.

Enquanto eu lutava para prendê-la, rosnei: — Pare! Espere um minuto, sua filha da puta louca! — Ela grunhiu e se esforçou, quase me lançou para fora. Ela era tão forte. — Temos o mesmo treinador! — Eu gritei para superar a sua raiva. — Tínhamos o mesmo treinador. Você foi treinada por Eddy, certo?

Ela piscou em confusão repentina, a tensão momentaneamente deixou o seu corpo. Naquele instante, o gigante homem negro tentou tirar a minha cabeça enquanto ele me arremessava no chão. A grama abarrotou desagradável a minha boca e olhos, o forte cheiro de terra forçado no meu nariz. Bati e rolei de costas, mas o homem era muito pesado para eu mexer com os meus braços estressados. Lutar contra a garota-besta tinha destruído a minha resistência. Eu peguei um vislumbre de Blondie a rastejar para longe e percebi que ela estava a ir na direção da arma. O gigante soltou um rugido profundo e rosnou enquanto tentou prender as minhas mãos. Resisti com tudo o que me restava, rapidamente fiquei sem combustível.

A garota-besta estava de pé novamente, parecia insegura, como se a verdadeira ela tivesse retornado e não soubesse onde estava. — Bobby! — Ela disse. — Deixe ele subir. — Ele obedeceu instantaneamente e uma profunda escuridão foi levantada quando a sua massa saiu de cima de mim. Deitei de costas, ofegante. O rosto da garota-besta apareceu acima do meu, vermelho e suado. — Diga à sua garota para se afastar. — Ela exigiu.

Eu ofeguei, assenti, levantei um dedo. Eu me virei e vi Blondie a alcançar a arma e dei um olhar para ela, que indicou que ela planejava matar primeiro e fazer perguntas depois. Ela levantou a arma, o rosto distorcido num ódio horrível. Lágrimas misturavam sujidade nas bochechas inchadas e apontou a arma para a garota-besta.

Eu acenei freneticamente. — Verifique você mesma, Babe! É um mal-entendido. Ela é uma das do Eddy!

Ela apertou o gatilho...

II. HISTÓRIAS DE GUERRA

A SALA DE EDDY ERA ESPAÇOSA. O TETO ABOBADADO tinha seis metros no seu auge. Vigas ásperas que se cruzam em agradáveis padrões geométricos, todos marrons e brancos escuros. Quatro grandes claraboias mostravam o lindo céu noturno. Sentamo-nos em sofás da mesma cor num semicírculo, em torno de uma enorme mesa baixa e sistema de entretenimento no centro da sala. Escadas para os quartos do andar superior atrás de nós, cozinha e sala de jantar à nossa direita. Pacotes de gelo dobraram no silêncio, três das cinco pessoas apresentam necessidade de cuidados de enfermagem em várias partes do corpo. Eu era um deles. A garota-animal, Anastasia, quando foi apresentada, tinha acertado mais de um soco no lado esquerdo da minha cabeça. Palpitava intensamente.

É isso aí. De volta à academia para praticar defesa...

Eu resmunguei comigo mesmo, deitei no sofá ao lado de Blondie. Ela estava sem os sapatos, as pernas enroladas, também com a cabeça inchada e uma bolsa de gelo. Nós olhamos para os outros enquanto eles explicavam o motivo de estarem aqui.

— Primeiro de tudo, tenho de dizer que estou feliz por você não saber atirar nem um pouco. — Disse Anastasia a Blondie, que arregalou os olhos irritada. Anastasia então voltou a sua atenção para mim. — Conheço Eddy há anos e ele nunca mencionou nenhum de vocês. — Ela cruzou os braços com uma expressão teimosa, sentada num assento de amor com o namorado Julian, o nerd que Blondie havia pulado ao pensar que ele era um ladrão.

— Sim, bem, Eddy ficou desapontado por não termos sido profissionais. — Respondeu Blondie. — Ele não aprovou exatamente a nossa carreira. — Ela jogou as longas mechas douradas do ombro, encolhendo os ombros como se não fosse uma perda para ela. Mas eu sabia bem. Pude ver a dor que a fez lembrar.

— Qual carreira você escolheu? — Bobby resmungou, o grande homem preto que parecia e se movia como um MVP do Super Bowl. Ele estava na frente da TV de frente para toda a gente, braços gigantescos cruzados sobre uma blusa rosa de *bodybuilder*, com um olhar que suspeitava que ele já sabia a resposta para sua pergunta.

— Crime. — Eu disse, tentando não exibir os meus caninos. A maioria das pessoas fica toda excitada ao saber do meu passado. Elas pregam. Anastasia e os seus homens tinham escrito "Do Gooder" por todo o lado. Até os seus nomes pareciam cumpridores da lei. Então eu não esperava a resposta deles.

Julian sorriu um pouco. Bobby apertou os lábios e deu de ombros. Anastasia suspirou pesadamente, *não é outra vez*. Os seus ombros cederam, e tive a sensação de que ela há muito se resignara a lidar com tipos criminosos, ou talvez estivesse envolvida em algo ilegal. Ela disse: — Uma vez, eu teria olhado no meu nariz para você. — Outro suspiro pesado. — Você ainda está nessa vida?

— Aposentado. — Disse Blondie bruscamente, defensiva, e não conseguia manter um sutil toque de arrependimento no seu lindo rosto.

— Espere um pouco. — Disse Julian. Ele sentou-se direito. Fiquei surpreso por ele ser alguns centímetros mais alto que eu. — Razor e Blondie. Os Razor e Blondie?

— Umm? — Anastasia olhou para Julian interrogativamente.

Ele olhou para ela. — Esses dois são lendas nos reinos mais sombrios da Internet. — Ele realmente corou de vergonha sob o olhar dela antes de olhar para nós. Pigarreou. — Criminosos. Vocês filmaram os seus crimes e perseguições policiais e criaram um programa online chamado Criminosos, certo?

Ele parecia uma criança que conheceu as celebridades, e eu não pude evitar de sorrir. Não aprecio a sensação de infâmia há algum tempo. — Culpado. — Eu disse. Blondie deu um sorriso bonito de orgulho. Eu tive de restringir a minha mão de beliscar o seu peito.

— Tanto faz. — Disse Anastasia, impressionada. Eu senti que ela iria repreender Julian mais tarde pelo seu entusiasmo com o nosso antigo show. Blondie olhou afiado para ela. Bobby estava a pensar profundamente. Anastasia continuou: — Estamos a desviar do assunto. Por que você está aqui?

O corpo de Blondie ficou tenso, ela desdobrou as pernas e eu agarrei a sua mão para acalmá-la antes que ela provocasse outra luta com a garota-besta. Ela não age dessa maneira há anos. Deve se sentir ameaçada ou competitiva em relação a Anastasia por muitas razões, e a garota-besta deve sentir o mesmo por ela. Elas eram tão diferentes uma da outra que é improvável que elas se entendessem. Mesmo se elas fossem pagas, pensei comigo mesmo.

Eu levei um momento antes de responder, fiz uma careta porque não estava acostumado a compartilhar informações pessoais sobre mim com desconhecidos. Eu não era um homem do Facebook. Mas algo me disse que eu precisava de me conectar com essas pessoas. De alguma forma, eu sabia que teríamos nos encontrado e conectado fortemente se eu tivesse me profissionalizado e seguido o caminho de cumprir as leis. Eu senti como se pudesse ter uma vida tão facilmente como a de Anastasia, mesmo que eu não tivesse ideia do que isso implicava, e ela poderia facilmente ter uma vida como a minha. Uma simples escolha de A em vez de B poderia ter alterado seriamente os nossos caminhos. Talvez porque as suas habilidades de luta fossem tão parecidas com as minhas que eu senti essa conexão. Eu não sei. Eu senti que estávamos todos aqui por uma razão, mais um sentimento que foi contra a minha norma. Não acreditava em destino ou carma. As coisas acontecem por uma razão, mas o resultado é a sorte que você criou com um plano cuidadoso e trabalho duro. Ou a falta disso. O resto foi coincidência.

Este deve ser um plano de Eddy. O pensamento veio espontaneamente, o meu subconsciente a falar para me informar que não há problema em revelar a minha mão, a explicação é racional.

— Estamos aqui por causa disso. — Eu disse, peguei num documento dobrado dentro do bolso do casaco. Anastasia ficou sem fôlego e puxou um papel idêntico do bolso, papel de carta branco e dourado. Senti as minhas sobrancelhas subirem levemente.

— Aquele velho patife. — Bobby murmurou com um leve sorriso.

— Claro. Eddy queria que você os conhecesse. — Disse Julian a garota. Ele passou os dedos pelo cabelo loiro espetado, sobre o rosto angular. Um tique pensativo. Ele franziu o cenho, incompreendido. — Porque agora?

Ela balançou a cabeça. — Não faço ideia. Eu nem sabia que ele tinha um testamento até receber a carta do advogado dele. Tudo o que eu sabia era que o irmão dele estava a cuidar da casa dele.

— O que a sua carta diz? — Eu perguntei, olhos estreitos para ela.

Ela se levantou, guardou a carta e cruzou os braços. A manga de compressão brilhava, a pele contra os músculos, mostrava os rasgos no antebraço e no ombro. O engenheiro em mim se perguntou do que era feito. — Dizia para estar aqui hoje. — Ela disse.

— Só isso?

Ela assentiu, estreitou os olhos, desafiava-me a discutir.

Dei de ombros. O meu dizia a mesma coisa. Isso estava a ficar chato. — Bem, aqui estamos nós, reunidos para algum tipo de relação social. E agora?

— Relações sexuais? — Anastasia perguntou, sobrancelha arqueada.

— Sinto-me sempre como se estivesse a ser lixado em cenários como este.

— Ah...

Blondie revirou os olhos. — Uma bebida e um baseado para mim. — Ela anunciou, de pé e a andar a mancar na cozinha.

— Acho que vou me juntar a você para uma bebida. — Disse Bobby à minha garota, seguindo-a. — Mas eu passo adiante a crônica. Me faz falar como Bubba em Forrest Gump. — Anastasia olhou para ele com indecisão, mordeu a língua, como se ele devesse ficar ao seu lado, porque eles ainda não estavam de acordo connosco. Ela deu a Blondie um olhar desconfiado. Julian esfregou os ombros e acariciou os cabelos.

Isso estava a se transformar num episódio do Big Brother, um programa que eu particularmente não ligo. Levantei-me, decidido a fazer algo sobre o meu tédio, seguir o exemplo de Blondie. Embora eu achasse que precisava de algo um pouco mais estimulante do que um baseado.

Entrei no banheiro do corredor e fechei a porta, Lysol espetou o meu nariz enquanto acendia a luz, a parede e o piso brilhava em azul, verde e branco. Toalheiros tão nus quanto a haste da cortina do chuveiro. Eu me virei para a pia e olhei atentamente para a pessoa a olhar no espelho. Intenso é como as pessoas me descrevem enquanto eu estou a ouvir. Eu tinha que concordar com isso e não podia negar haverem descrições mais depreciativas. Eu certamente tenho sido todo o tipo de filho da puta com esse rosto.

O meu cabelo escuro, quase preto, estava preso na minha cabeça, comprido na frente, mais curto nas laterais e nas costas, grosso e brilhante, graças ao TLC de Blondie. Meu bigode estava perfeitamente aparado. Pele bronzeada e suave. Olhos verdes como gás ardente, um esquema após o outro brilhava sob as sobrancelhas escuras, a pele ao seu redor sombreada por pouco sono e muita velocidade.

— Vou parecer que estou a usar uma máscara de esqui depois disso. — Eu murmurei, sorri, peguei um pequeno Ziploc de dentro da minha jaqueta. Eu conseguia sentir o peso da Razor antes de deslizar na minha mão pela bainha apertada contra a minha parte inferior das costas. A lâmina de cinco polegadas brilhou em cromo, ao abrir silencioso do cabo de prata antigo incrustado de pedras preciosas, ametistas e rubis sob a palma da minha mão, prometia um aperto se eu decidisse usá-la para mais do que cortar narcóticos.

Enquanto eu batia um pouco de pó na pia, o aroma da cocaína encheu fortemente o meu nariz, uma pontada que disse ao meu corpo para apertar o cinto. Os meus olhos se arregalaram em concentração, as minhas entranhas se mexeram inquietas por um momento, a mão tremia para alinhá-la. Lambi a lâmina, limpei-a com o papel higiênico e embainhei-a. Peguei em algumas notas do bolso e enrolei um Benjamin como um canudo, manchei a sua cabeça gorda e careca com uma velocidade de qualidade, enquanto eu bufava uma linha grossa em cada narina, bufando e gemendo alto.

O gosto eletrizante e entorpecedor pingou no fundo da minha garganta, e eu me encolhi com o prazer doentio. — MMMahhh! — Eu rugi, os olhos corriam, lambi os meus lábios. Limpei a minha bagunça, a pensar que poderia lidar com o drama das mulheres agora. Eu não ficaria entediado por um tempo.

Entrei na cozinha e encontrei a minha garota a conversar com Bobby, explicava como ela pegou na arma dele mais cedo.

— Vodu? — Bobby disse com ceticismo, sentado num banquinho, os braços apoiados num balcão da ilha. A cozinha fazia o seu imenso corpo parecer pequeno, os utensílios de aço inoxidável piscavam à nossa volta, uma dúzia de panelas e frigideiras pairaram sobre a ilha.

— Eu faço vodu. — Blondie cantou com atitude, fazia os seus ombros dançarem como um durão. Ela alisou a frente da blusa, uma blusa roxa e branca que mostrava o seu estômago bronzeado em forma, de calça jeans Calvin Klein. Botas pretas.

Bobby disse: — Isso não foi uma resposta.

— Essa é a sua opinião. — Ela respondeu, os olhos apertavam através da fumaça pungente de maconha. Bobby apenas balançou a cabeça e deu um suspiro exagerado, um enorme peito retumbou.

— Os seus truques mentais de vodu são quase tão frustrantes quanto os seus truques de luta. — Eu disse e sorri para eles. Ela levantou uma sobrancelha para mim em aviso. Deixei assim antes de entrar em mais dívidas. Eu já lhe devia uma por estar atrasado. Uma massagem nos pés não cobriria isso e falar sobre ela na frente da sua nova amiga.

— O vodu é dos meus ancestrais. — Disse Bobby. Ele olhou para Blondie. — Nunca pensei que eu veria isso em brancos. Mas você conseguiu. — Ele riu, a voz profunda tremeu como uma pilha de *woofers*. — Vodu que você faz? Acho que sim. A magia que você puxou em mim faria qualquer um crer.

— Obrigada. — Disse ela, depois se levantou para pegar mais cervejas.

Snifei, ganhei uma gota enorme e maravilhosa. Os meus olhos atreveram-se com a ADD. Blondie chupou-me o fôlego, olhou para mim com ar aguçado, enquanto fechava o frigorífico, e abanou a cabeça em desaprovação. Encolhi-lhe os ombros, virei-me e entrei no corredor, a cantarolar *Cocaine* do Eric Clapton o mais alto que pude.

A minha mente não conseguia se concentrar em questões triviais. Eu ansiava por algo que me envolvesse completamente. Então, procurei a garota-fera para falar sobre a manga de compressão com aparência de ficção científica que, combinada com o seu físico sobrenatural, a fazia parecer um ciborgue.

Ela ficou na sala a olhar para as recordações de boxe na parede. Imagens de tendas e pósteres de luta de quatro continentes cobriam uma parede inteira. Uma montagem de alguns dos melhores momentos do desporto. Eddy tinha sido intrínseco a tantos lutadores e eventos importantes, e tinha uma coleção de classe mundial para provar isso.

Ver tudo isso com Anastasia parada de repente me fez perceber por que eu nunca a conheci até agora, há tantas pessoas com quem Eddy trabalhou que eu nunca conheci. A parede de fotos me deu um tapa com o fato de que a garota besta era apenas uma das centenas.

Eu olhei para os olhos dela para determinar o que ela estava a estudar tão intensamente. Uma foto emoldurada de Eddy e um promotor chamado Silvio Vittorio, ladeando uma lutadora que eu lembro do ano 2000. O choque. Eddy a treinou pouco tempo depois de deixar os amadores para ganhar dinheiro de verdade com os profissionais.

Um sentimento de arrependimento me tocou brevemente. Poderia ter sido você na foto, meu subconsciente esfregou na minha cara. Você poderia ter sido um campeão do mundo, ainda mais famoso que ela...

Eu bufei profundamente e fui recompensado com uma sensação de zumbido que silenciou a voz dos meus sentimentos. Anastasia olhou para mim, mas eu a ignorei e retomei o estudo da foto. As mãos da garota ainda estavam embrulhadas, o rosto e o cabelo suados, as bochechas vermelhas e inchadas. Ela tinha um brilho desumano nos olhos, voando loucamente em todos aqueles produtos químicos intensos que consomem um gladiador durante a batalha. Essa garota estava no nível.

O reconhecimento atingiu como se eu tivesse bufado uma linha através do meu pau. Consegui evitar que aparecesse no meu rosto. Olhei para Anastasia e disse com honra:
— Lutei com o Shocker. Essa foi a melhor coisa que me aconteceu em anos.

Um sorriso apareceu no canto da sua boca, embora ela

permanecesse em silêncio, ainda olhando para a foto, como se estivesse à minha espera para concluir a revelação.

Estava a faltar alguma coisa aqui. Olhei para a parede e de repente me lembrei de outra foto mais recente que eu tinha visto do Shocker. Sobre os mais procurados da América. Eu ri alto, então disse a ela: — Você é uma corajosa filha da puta. Você ainda se parece com a sua caneca. — Eu segurei o meu punho e ela bateu com força no seu próprio, um boxeador para outro. Eu disse: — Acho que você não gostou das acomodações do Centro Correcional do Mississippi.

Ela sorriu. — Eu não pertencia à prisão. O meu marido e eu éramos inocentes.

— E a garota que você matou na prisão antes de escapar?

— Não fiz isso. — Ela respondeu, sem sorrir.

Eu olhei para ela de perto. — Eu acredito em você. — Eu disse para ela.

Ela continuou a olhar para a foto, vendo através dela com olhos sem foco. — Julian e eu éramos Alan e Clarice naquela época. Fomos criados por traficantes de drogas e presos. No interior, fui forçada a entrar num ringue de luta. Fui junto com ela, esperava poder usar o dinheiro para financiar a minha fuga. O anel foi quebrado no dia anterior à minha saída. Perdi tudo. Todo o plano estava quase arruinado e não teria funcionado sem a ajuda do meu amigo.

— Forçada a um ringue de luta? — Eu cheirei. — Seria como forçar um peixe a nadar.

Ela não sabia se me olhava de frente por ser contrária ou se tomava isso como um elogio e corava.

Normalmente eu não me importo com o drama que ele disse, ela disse drama. Mas essa foi uma descoberta interessante. Ela era uma grande fugitiva, procurada pelo governo federal. Ela passou a me contar como Eddy morreu. Ele a ajudou a escapar e mais tarde foi baleado enquanto a ajudava a resgatar o seu filho, que havia sido sequestrado pelos traficantes. Ele levou com uma bala que era para ela. Ela enxugou as lágrimas dos olhos e eu segurei um resmungo.

Nao vá embora. Você pode tolerar isso. Vale a pena. É uma boa história.

Para reorientar a conversa, eu disse: — Os traficantes eram policiais? Não é surpresa.

— Biloxi PD.

— Eles pegaram o seu filho porque você pegou seis milhões em dinheiro deles. Isso foi depois que você escapou?

Ela assentiu. — Nós queríamos vingança.

— Tomar o dinheiro de um criminoso é certamente a melhor maneira de pagá-lo de volta. — Eu disse, franzi a testa, me perguntei o que faria se ela tivesse levado o meu esconderijo. Havia muito mais que eu queria saber sobre a história dela, mas ela interrompeu.

— Chega de falar de mim. Vamos escolher o seu cérebro agora. — Ela apontou para outra parede e caminhamos ao lado de uma caixa de troféus cheia de feitos adolescentes de Eddy no boxe e no futebol. Altos prêmios de ouro e prata enchiam cinco prateleiras, placas no painel traseiro espelhado. Numa prateleira ao lado, havia vários artigos emoldurados. A maior, uma moldura de nogueira envolvia uma primeira página inteira, intitulada BATALHA NA PRAIA DA FRENTE! em negrito. Ela disse: — Você e Eddy? Eu lembro disso.

— Ah, sim. Eu tinha esquecido disso. Eu costumava ter uma cópia emoldurada exatamente como ela. Eddy te contou?

— Parte disso. Você sabe como ele pode ser reticente. — Ela fez um olhar azedo. — Poderia ser.

— *Omerta*. Ele seguia o código de silêncio italiano.

— Eu não sei. — Ela murmurou. Eu sorri. Eddy teve o mesmo efeito em mim.

Eu estava a me sentir loquaz. A droga tinha entrado em ação, prometia um grande prazer se eu me expressasse, contasse uma história de bem-estar para retribuir o compartilhamento dela. Eu estava a começar a gostar de Anastasia por sua personalidade tanto quanto por suas realizações. Não é todos os dias que você encontra a maior boxeadora de todos os tempos, que também está na lista dos Mais Procurados do FBI. E eu gosto do fato de que ela é a líder óbvia de uma equipe forte. Sem dúvida, ela se qualifica como *Badass* no meu livro.

É possível que você também esteja a gostar dela, porque não se ressente mais por ter ela vencido você, meu subconsciente me cutucou.

Eu não discuti. Eu me senti privilegiado por ter sido atingido por uma lenda.

Ela apontou o queixo para o artigo. — Diz aqui que você e o treinador atacaram dezassete atletas de futebol.

Eu sorri. — Eu era capaz de machucar cinco ou seis. Tive sorte. Eddy deu um tapa no resto.

— Parece divertido. — Disse ela com aquele brilho nos olhos, um predador travesso à espreita logo abaixo da superfície. Ela estava definitivamente no nível. Psicopata.

Gostaria de saber se estamos relacionados.

Ela rolou um dedo para me estimular a dar detalhes, e eu comecei a contar a ela sobre o incidente que levou a uma das histórias mais espetaculares de Ocean Springs.

A raiva costumava controlar a minha vida diariamente. Inferno, às vezes de hora em hora. Eu não tinha muita restrição sobre isso naquela época, e mesmo agora eu tinha que lutar para morder a minha língua ou impedir que as minhas mãos batessem nas pessoas que eu considerava idiotas. O que era quase todo mundo, infelizmente.

Em 98, treinei o meu coração no Campeonato Regional. Cheguei à final com facilidade e dominei alguns saloios por uma vitória clara. Só fui assaltado. A minha mão não estava levantada. Os juízes favoreceram o meu oponente porque estávamos na sua cidade natal. Foi depois que descobri que os meus problemas de raiva me tornaram um perigo real para a sociedade.

Como forma de lidar com as pressões injustas exercidas sobre a minha própria adolescência, desenvolvi a minha própria terapia. A minha própria gestão de raiva retorcida: Encontraria uma multidão de homens, velhos, jovens, saloios ou gangsters, e saltava-lhes em cima. Sozinho. Quanto mais, melhor. A ferocidade brutal que desencadeei sobre eles era reconfortante de uma forma que eu não podia experimentar falar com algum terapeuta sobre como isto ou aquilo me fazia sentir.

O meu treinador descobriu o meu desabafo dinâmico de alguma forma, embora eu nunca soubesse como ele o fez. Eu nunca tinha sido apanhado. Acontece que ele podia relacionar-se com isso. Mais, ele encorajou-o. Era a coisa mais estranha. Um adulto a dizer-me que não fazia mal magoar as pessoas para me fazer sentir melhor. Mas foi precisamente isso que ele fez naquele dia, depois de se ter feito sentir melhor, ao dar aos juízes um discurso mordaz sobre comerem lutadores de uma vitória porque não eram do Arkansas, não mastigavam tabaco nem fodiam os primos deles.

Os insultos de Eddy tiveram pouco efeito, mas o seu olhar ameaçador parecia escaldar o rosto dos três juízes. Ele era muito assustador quando estava de bom humor; ele estava absolutamente aterrorizante naquele momento. Ele continuou: — Vocês saqueadores de chá são uma vergonha para o boxe amador. Especialmente você. — A sua voz profunda ecoou no prédio vazio, o dedo grosso direcionado a um homem careca e gordinho num terno marrom barato. Suas duzentas e cinquenta libras fizeram o anel ranger enquanto ele andava de um lado para o outro na frente dos juízes, que ainda estavam sentados ao lado do ringue, a classificar papéis numa. Alguns fãs ouviram e gritaram de acordo. Fiquei do lado de fora do ringue pelos degraus, irritado cortei as minhas mãos com a faca de Eddy. Ele olhou para mim, depois de volta para os juízes, a sua raiva cresceu. Como você pôde dar todas as rodadas àquele vagabundo?! Ele não ganhou um único!

Eles não responderam. Eu senti uma raiva estranha, as agitações de raiva. Eu estava impaciente para sair. Não pude desabafar aqui. Eu iria para a cadeia por agredir esses palhaços. Eles sabem que me foderam. Bem, eu terminei com essa merda. Eu perdi. Eu fui traído. Eles não vão reverter a decisão.

Eles não entenderam que, por causa dessa perda, as pessoas me olhavam de maneira diferente. Vários acordos de patrocínio e endosso foram para a mesma lata de lixo que o meu registro perfeito. Eles não entendiam que eu me olharia diferente agora. Eu acreditava que podia vencer qualquer um no ringue. Mas, ao que parece, a confiança à prova de balas era falível, um inseto sob o sapato de um juiz tendencioso a ser esmagado por seu capricho. Eu perdi a minha primeira luta e parecia que tinha perdido a minha virgindade novamente. Só que desta vez foi uma coisa muito ruim.

Eu queria amaldiçoar essas pessoas. Eu queria machucá-los. Por que não podemos simplesmente ir?

Mas Eddy não terminou de contar o que achou da corrupção deles. Ele olhou para os bandidos e apontou o dedo na minha direção novamente. — Eu disse a esse garoto de dezesseis anos que se ele trabalhasse mais do que todos os outros, sacrificasse mais do que qualquer outra pessoa, que ele venceria. Ele trabalhou mais do que qualquer outra pessoa e venceu. Quem são vocês três idiotas para dizer o contrário? — Toda a gente viu o que aconteceu. A multidão inteira vaiou a sua decisão. Eu deveria descer e dar um tapa em todos vocês. Você precisa saber como é isso, porque foi isso que você fez com esse garoto: deu um tapa na cara dele!

Isso teve alguns olhares cautelosos, mas, de outro modo, apenas os fez acelerar a papelada. Os juízes experientes estavam acostumados com treinadores, fãs ou pais insatisfeitos que os atormentavam após decisões controversas. A explosão de Eddy não era novidade e não abriria precedentes.

O treinador rosnou veemente, obviamente impedindo-se de fazer cumprir suas ameaças. Ele virou-se abruptamente e mergulhou sob as cordas. Desceu os degraus. Ele passou por mim com o rosto vermelho e só conseguiu sacudir a cabeça para eu segui-lo, tenso de emoção.

No estacionamento, as pessoas gritavam condolências, assegurando que todos sabíamos quem realmente ganhou. Entramos no carro de Eddy, um Dodge Challenger de prata de 74, fechou as portas. Ele ligou e acelerou o 440 Magnum, o grande bloco que berrava um rugido suave. Agarrou o volante com as duas mãos enormes. Seu maxilar de buldogue se destacava num sorriso, os seus traços de francês-cajun pareciam muito mafioso italiano. Barba e bigode escuros e brilhantes, olhos ameaçadores sob uma sobrancelha espessa. Ele olhou para mim e sugeriu com uma voz agradável: — Vamos encontrar uma boa multidão.

Eu sorri de volta. — Uma grande.

Naquela noite, por volta das 2 horas da manhã, nos encontramos na praia em Ocean Springs, caminhávamos ao longo da parede do mar, à procura de um grupo suficientemente grande de homens para aliviar o stresse. Não demorou muito. A praia era o ponto de encontro favorito de todos os grupos de pessoas, incluindo os atletas a que nos dirigimos e abordámos.

Lembro-me daquele momento como se fosse hoje. O céu estava limpo e mostrava as estrelas distantes sobre a água escura. A areia brilhava com a fraca luz da lua. Carros e caminhões alinhavam-se na parede do mar, portas abertas com luzes interiores mostravam casais a se beijar, beber e ranger ao som da música. Devia haver vinte jogadores de futebol naquela multidão, todos familiarizados com pesos livres, shakes de proteína e qualquer número de estimulantes de testosterona.

Perfeito. Eu adoro um desafio. Percebi que uma parte de mim estava a gritar missão suicida, mas bati no cotovelo de Eddy em vez de pensar nas consequências, e ele resmungou afirmativamente.

Entramos direto na mistura. Naquela época, eu tinha cinco e dez e uma rasgada e altamente treinada, sessenta e cinco. Eddy tinha cinco e onze, duas e cinquenta anos, um urso de homem com força imensa e era capaz de uma velocidade espantosa, mesmo com quase meio século de idade. Ele era treinador de boxe há mais de vinte anos e essa experiência fez dele uma pessoa muito perigosa.

Ignoramos as meninas com pouca roupa que nos olhavam com curiosidade. Peguei uma cerveja num refrigerador, andei no meio de várias cabeças musculares que se elevavam sobre mim e agitei a garrafa. Torci a tampa, segurei o meu polegar sobre a boca e pulverizei Bud Light em todas as direções, absorvendo o máximo de pessoas que pude. As meninas gritaram com raiva quando a cerveja molhou os seus cabelos e maquiagem. Os rapazes praguejaram e gritaram comigo por causa da música, uma canção do Cypress Hill que queria que acreditassem que ser louco na membrana era uma coisa boa.

Adoro quando a música se encaixa no cenário, não é?

Eddy empurrou os homens que me rodeavam, virou-se e os encarou com as mãos para cima aplacando. — Desculpe-me por um momento, pessoal. Antes de fazer isso, o velho precisa de um alongamento. — Ele sorriu e ignorou os olhares confusos que conseguiu, virou-se para mim e disse: — Estique os meus ombros, garoto. — Puxei os seus braços atrás das costas e ele grunhiu de alívio. — Estou muito velho para perseguir esses jovens. Apenas continue empurrando-os em minha direção, ok?

— Você entendeu, velho. — Eu obriguei, sorrindo psicologicamente, a mente já a correr com movimentos que planeei executar nos três tipos que estão atrás de mim. O meu coração acelerou o ritmo, a ânsia consumindo-me.

O mais barulhento da multidão, um rapaz enorme e zangado com um chapéu do Dallas Cowboys, se aproximou e exigiu saber: — O que diabos é isso? Quem são vocês, idiotas?

Eddy sorriu para ele. — Vamos nos apresentar num momento. Desculpe pelo atraso. Estou a ficar velho. — Ele disse a se desculpar, pareceu muito sincero. Eu soltei os seus ombros. Ele suspirou, ergueu os punhos grandes como apenas lutadores veteranos podem. Ele disse ao atleta enorme: — O meu nome é Gonnakickyourass. — E perfurou-o com um gancho de esquerda que ecoou na areia, um golpe monstruoso que derrubou o homem de lado e no chão de forma violenta, inconsciente antes de bater.

Eu me virei e joguei uma cruz direita num movimento, a perna traseira se endireitou para empurrar todo o meu corpo na direção do soco, o punho direito de um bloco de ferro que atingiu o queixo do meu alvo. Ele caiu, com frio, joelhos e cabeça bateram na parede do mar, e eu girei para a esquerda, ajeitei os ombros, avancei com a mão direita, gancho de esquerda no corpo do homem mais próximo a mim, punhos cerrados na sua barriga macia como tiros de canhão, o seu hálito quente me pulverizou de dor explosiva quando eu pisei ao seu lado e atrás dele. Empurrei mais dois rapazes, tentei abrir espaço para dançar com eles, mas eles tiveram a infelicidade de entrar nos braços de Eddy, ambos afundaram instantaneamente. Saí do círculo, corri de volta para marcar um rapaz na cabeça, derrubando-o de joelhos. Eu nunca parei de avançar, terminei com um gancho na orelha. Ele caiu, quebrou garrafas de cerveja de baixo dele. Era como atirar num barril de peixe. Eu não podia acreditar com que facilidade esses rapazes estavam a cair.

Uma garota asiática de traseiro apertado apareceu ao meu lado, e meu Johnson notou os seus peitos a saltar num top de biquíni antes de rosnar como um bandido e atirar uma garrafa cheia de Corona para mim. Eu abaixei e preguei uma garota atrás de mim, lascando os dentes. Eu ri do seu grito de raiva e depois derrubei mais dois, três rapazes, punindo-os com o meu ataque. Eles caíram, a areia colou nos rostos ensanguentados. Eu me afastei rapidamente da mistura para deixar os meus ombros se recuperarem e vi a garota asiática a ser socada pela garota com o dente quebrado. Eu ri de novo. Eu estava a ter o melhor momento da minha vida.

— Insano na membrana / insano, não tenho cérebro! —

A música expressa em rimas e graves trovejantes, alimentou o caos.

Eddy estava na areia, a meio caminho da água, meio cercado por atletas, alguns mancavam, mais zangados, muito cautelosos para correr de novo para dentro de seu alcance. O meu treinador parecia um guerreiro dos tempos antigos, um especialista em combate a ensinar a próxima geração como os homens de combate deveriam se comportar de mão em mão. Julguei que ele estava prestes a suar, a sua camiseta branca Mopar e calças quentes brilhavam. Ele se moveu com o tipo de confiança relaxada que marca um lutador com muita luta nele.

Não conseguia ver o seu rosto claramente, mas sabia que ele tinha um sorriso malicioso. Ele fingiu socos, fez com que a sua presa saltasse. Um rapaz gritou como se um quarterback tivesse chamado de caminhada e correu para a frente a balançar loucamente. Ele foi silenciado por um único *uppercut*.

— Vamos rapazes. — Disse Eddy, decepcionado, passou por cima de sua vítima. Ele balançou a cabeça tristemente. — Preciso contar a vocês uma história sobre como nós, velhos veteranos, andávamos pela neve a subir os dois lados? Vocês lutam como prostitutas de noventa quilos. Alguém aqui tem um par de bolas? Levante a mão. — Várias maldições irromperam com isso, e cinco malucos esteroides irritados o invadiram. — Está certo. Venha para ao papa. — Disse ele, entrando para encontrá-los.

Perifericamente observei e ouvi os golpes concussivos de Eddy demolir os atletas enquanto me abaixava e me esquivava de quatro rapazes que me perseguiam de um lado para o outro, soltos num padrão diamantado. Dancei até os meus ombros e pernas terem recuperado, e depois entrei com uma combinação de quatro peças que simplesmente me oprimiu um dos meus alvos, um homem de cabelos escuros do meu tamanho, embora mais velho. Os meus socos atingiram-no com tanta força e tão depressa que ele não conseguiu reagir para se defender. O seu olho, nariz e queixo comprimidos, a cabeça estalou para trás, e ele chorou um som de arrepio que se segue sempre a um nariz gravemente partido, a garganta cheia de sangue.

Eu esqueci tudo sobre ele num instante, relaxei para me recuperar, pulei para a esquerda com um jab fingido, cutuquei forte atrás dele no nariz do próximo alvo, mergulhou para baixo e para a frente, torci os ombros explosivamente para atirar um direto para a direita na suave área abaixo do umbigo, prendendo o seu diafragma. Ele esqueceu como se respira e caiu, engasgado, ofegante. Um rapaz olhou para os seus amigos no chão a se contorcerem de dor, olhou para mim e saiu a correr, pulou o paredão, correu para o carro.

O seu amigo seguiu um segundo depois, carregava um homem ferido com ele.

— Cadela. — Eu disse, a apreciar as probabilidades de guerra. O inimigo tinha sido derrotado. Eu me virei num círculo para examinar a carnificina, inalei com profunda satisfação. A área de concreto ao redor do paredão parecia estar no caminho de um tornado. Cadeiras de gramado, garrafas de cerveja e refrigeradores destruídos, roupas e acessórios aleatórios estavam espalhados por todo o lugar, em volta e de baixo de carros, na rua. A maioria das meninas largou a merda e correu.

Eu ri alegremente.

Gritos ressoavam da água. Meia dúzia de homens e duas meninas estavam deitados na areia em vários estados de dor e consciência entre mim e a água.

Pulei por cima do muro e segui o rastro de vítimas nocauteadas até que uma multidão de silhuetas se materializou, reflexos brancos da lua iluminaram os seus rostos agressivos, cabelos e ombros presos pelos músculos. A equipe de futebol estava determinada a derrubar Eddy, um desafio que eles ensaiaram com os seus próprios treinadores num exercício de "quem pode resolver o profissional". — Se Eddy fosse apenas um jogador de bola, já o teriam atacado. No entanto, você não pode enfrentar o que não consegue colocar em suas mãos, e os rápidos socos de defesa e chute de mula de Eddy eram quase impossíveis de serem ultrapassados.

Os fracos foram retirados do rebanho, o mais forte dos atletas, os únicos ainda a lutar. Eddy não tinha pressa. Ele parecia tão calmo e equilibrado, punhos erguidos quase casualmente. Então alguém corajoso entraria dentro do seu alcance e WHAM! Do nada, um único golpe seria quebrado. Outro morde a poeira.

Enquanto os corria, percebi que a determinação que emanava dos atletas era parcialmente negada, eles se recusaram a acreditar que não podiam derrubar esse velho. Certamente todos eles juntos poderiam colocar esse velhote no chão. Eu ri porque tive a mesma raiva frustrada no rosto várias vezes, enquanto lutava com o mesmo mestre que os atormentava agora. O guru pugilista pode ser irritante porque ele pode bater em você com tanta facilidade e bloquear tudo o que você joga nele. Esses rapazes tinham lutado tudo o que tinham e mais nele, e ainda não deram um golpe limpo. Eles estavam a ver vermelho.

Sabia que eles não podiam ouvir a minha aproximação, a areia macia e o vento alto mascaravam os meus passos, eu atravessei a distância rapidamente. Eddy me viu, levantou a cabeça e sorriu. Eu sorri de volta e empurrei os dois rapazes na minha frente. Assustados e desequilibrados, as suas formas agitadas cambaleavam para a frente como dois troncos a cair pela rampa de um triturador de madeira, BZZT! BZZT! enterrar no lixo onde os punhos de assobio de Eddy impactaram, traumatizavam a pele, vasos sanguíneos, músculos e órgãos. Ossos foram fraturados. Eles se lançaram na areia molhada, com muita dor. Os outros rapazes, restantes seis, se afastaram de mim para evitar serem empurrados para o moedor de carne, que passou por cima do seu último trabalho e seguiu na direção deles.

Luzes azuis, vermelhas e amarelas batiam de um lado para o outro na areia, os nossos rostos e braços, acompanhados por sirenes a tocar da rua. As nossas presas pareciam ganhar confiança agora que a polícia estava aqui, como se o perigo tivesse diminuído porque todos estavam prestes a ser presos. Eles se tornaram arrogantes, mas não estúpidos. Com o tempo a acabar e sem pontos significativos conquistados pela equipa, eles deixaram Eddy sozinho e se viraram para mim, a menor ameaça, na esperança de marcar algo pelo pouco orgulho que ainda possuíam.

A areia tornava a minha mobilidade quase inexistente. Sem movimentos rápidos dos pés, as hipóteses de eu ser atingido aumentavam. Eu não me importei. De uma maneira muito perturbadora, eu esperava sentir alguns socos fortes. Eu ainda tinha um pouco de raiva e stresse, uma bola de emoção ardia no alto do meu estômago, alimentava a minha vontade com todo o suco que ele podia suportar. Eu não estava prestes a abortar a minha missão por alguns policias. Eu só tinha que tirar isso do meu sistema. Parar agora seria como masturbação sem a recompensa.

Duas cabeças musculares atadas atrás de mim, a sprintar por lanças, o que me disse que esse é o único treino que já tiveram, a única forma de os seus corpos saberem atacar. O primeiro chegou até mim e eu esperei até o último instante, com as maos estendidas e o rosto rosnado ali mesmo, antes de girar para a minha direita e atirar um golpe de direita debaixo do seu braço, esmaguei o meu punho apertado no seu queixo e garganta. Meio segundo depois, o meu gancho esquerdo bateu firmemente no seu olho, fechando-o indefinidamente. Aterrou na areia a gritar loucamente e um camião Mack bateu-me de lado, esmagando-me diretamente para o chão. A dor foi expressa eloquentemente pelo meu sopro e gemido explodido, a areia silenciando a minha boca aberta. Ele agarrou-se, respirando com força, e eu senti que ou ele estava sem gás ou surpreendido por me ter derrubado, sem mais nenhum plano para além do equipamento, sem mais treino ou instinto.

Empurrei o meu rosto para fora da areia, cego, mas feliz por haver um idiota nas minhas costas em vez de um lutador. Cuspiu antes de inalar, lutava com o seu peso. A areia queimou-me os olhos, sugou a humidade, substituindo-a por pedaços de barro e erva do mar, uma mistura que eu podia saborear e cheirar porque a merda se tinha amontoado em todos os buracos da minha cara. Os meus músculos tinham dificuldade em trabalhar sem ar, e eu não conseguia quebrar o jeito que o rapaz tinha em mim. A luta livre e a luta corporal não eram o meu forte. Eu tinha que tirá-lo de lá e me levantar para ser eficaz na luta.

Eu o mordi. Não quero dizer uma mordida como uma mordida humana normal. Acendi-lhe o rabo como um cão grande, afundei os meus dentes no seu braço como se fosse um presunto quente e salgado e arranquei-lhe um tampão de pele peluda e suada. Sangue esguichado entre os meus dentes, inundou a minha boca. O metal ácido, a vermelhidão quente desencadeou uma resposta frenética do meu lobo interior, e os meus músculos incharam à medida que a sensação de desejo violento se espalhava pelo resto de mim. De repente, tive uma força retardada, um poder primitivo rugiu que exigia ser canalizado para um fim: a destruição. Os meus olhos inundaram-se de lágrimas. Pude ver de novo.

O atleta sentiu-se mais leve, um mero irritante para ser espancado, e eu girei enquanto lhe atirava um cotovelo para dentro da orelha, continuei o movimento para envolver o meu braço à volta da sua cabeça num cadeado de cabeça. O golpe e a fechadura foram muito inesperados, fazendo-o entrar em pânico. Aproveitei o momento. Coloquei os meus pés debaixo de mim, segurei a fechadura até ter a certeza de que me podia afastar dele. Soltei-me, saltei para trás, plantei o meu pé de trás e imediatamente o trouxe para a frente com um golpe de calcanhar que lhe bateu na clavícula, quebrando-o de forma audível. Ele gritou e bateu à volta. Eu respirei fundo e senti-me um pouco mais perto da linha de satisfação.

Lanternas traçavam feixes de laranja através do vermelho, amarelo e azul pulsantes. Chaves tilintaram alto quando vários oficiais correram para nós do paredão, gritavam para que todos pudessem descer. Eddy caminhou na minha direção da água, silhuetas escuras no chão atrás dele, lua o fez brilhar como um espectro de pesadelo.

Os policias me alcançaram, lanternas iluminaram o meu rosto. Eles congelaram. Um deles disse: — Puta merda! — Depois. — Não se mexa! — E apontou uma arma para a minha cabeça.

O sangue ainda estava quente no meu rosto, pegajoso, manchas na minha camisa. Os meus punhos estavam erguidos na direção deles, e eu decidi que era bastante estúpido antes de perceber que eles deviam ver um atraso na verdade, e eu estaria morto de uma fuzilada de balas a qualquer segundo agora.

— Razor! Desça, garoto! — Eddy berrou, correu rapidamente, acenava para desviar a sua atenção de mim. Ele parou, levantou a mão e dois policias o flanquearam com pistolas apontadas. Ele desceu.

Eu considerei as minhas opções enquanto os policias assustados continuavam a gritar comigo. Eu podia tentar lutar, mas provavelmente levaria uma bala. Eu costumo fugir da polícia. No entanto, é improvável que eu alcance três metros antes de ser largado pelo gigante Taser que uma agente apenas apontou para mim, as mãos tremiam.

Senti um vazio no meu estômago onde a bola de emoção densa se tinha sentado como um tanque de nitroglicerina. Estava, sem dúvida, satisfeito com uma reserva de saciedade que me deveria manter durante algum tempo. Estava agradavelmente exausto. Uma sesta numa cama de cela pareceu-me fantástica.

Eu sou bom, eu determinei, tremi de satisfação. Eu quase sacudi o meu casaco. Não há necessidade de morrer hoje. E não estou muito ansioso para sentir a picada daquele Taser. Não sou nenhum fã de eletricidade. Eu caí.

Fomos algemados e levados de volta ao paredão do mar. Duas ambulâncias chegaram, acrescentando mais fardas e luzes ofuscantes ao local. As pessoas estavam a ser tratadas em todos os lugares. Os policias me encararam enquanto passávamos. Tornei-me consciente do sangue novamente, tendo que exercer uma grande restrição para não o lamber dos lábios. Passei por cima do muro e fui empurrado para a traseira de um carro da polícia. Eles colocaram Eddy ao meu lado. Fecharam as portas. O interior estava apertado para mim, então eu sei que o volume de Eddy não gostou, especialmente com as mãos algemadas atrás das costas.

Sem o vento a me atingir, fiquei mais consciente de mim mesmo. As duas mãos doíam como uma cadela, possivelmente fraturadas. As minhas costelas estavam a cortar também, dores que eu não conseguia sentir à minutos atrás, quando as emoções agressivas me encheram de indestrutibilidade do *Fuck the World*. Suspirei, senti falta de sentimento, e limpei a minha boca no ombro antes de fazer algo nojento, como se estivesse a pensar há um minuto atrás. Eu preciso de uma articulação de uma maneira ruim.

Olhei para o meu treinador e o meu novo parceiro no crime e sorri, satisfeito com o resultado do nosso esforço. — Eu me sinto muito melhor. — Eu disse-lhe.

Ele riu. — Eu também. Mas não vamos fazer isso outra vez, ok garoto? Isso foi bom demais e estou velho demais para começar novos hábitos.

Eu ri, depois me encolhi de dor. — Tudo bem. — Eu ofeguei.

Dormimos como os mortos na prisão de Ocean Springs, uma pequena área de celas dentro da esquadra de polícia na Avenida Dewey. Na manhã seguinte, fomos informados de que tínhamos uma primeira presença marcada para o tribunal às 9 horas da manhã. Fomos algemados e levados a um pequeno tribunal cheio de capacidade, com várias pessoas em pé. Todos os atletas de futebol estavam lá, alguns enfaixados ou vazados, vários tinham os pais com eles. O pandemônio se seguiu quando entramos, insultos e pedidos de explicações, dedos e punhos de pais raivosos lançados enfaticamente. Gritos de silêncio foram ignorados. Eddy e eu estávamos sentados em frente ao banco do juiz, e tive que girar ao redor, com medo de ser agredido por trás.

Uma buzina soou, congelou toda a gente com seu estridente som.

— Eu disse, calma! — O juiz trovejou, um cavalheiro dos anos sessenta com um fato preto, túnica preta atirada precipitadamente sobre ele. Ele colocou a buzina numa gaveta da secretária. — Sente-se e fique quieto!

A entrada principal se abriu e o irmão de Eddy entrou.

Todos ficaram surpresos porque Perry parecia o irmão gêmeo de Eddy, enorme, sombrio e perigoso. O seu olhar fez todos pensarem que ele pretendia criar problemas, mas eu percebi que foi afetado. Perry é um homem jovial.

Ele nos viu. Eu assenti, O que houve?, e ele se aproximou de nós. Parou com as mãos na cintura das suas calças escuras. Eu admirava a camiseta do Cruisin 'the Coast. Ele olhou ao redor para as vítimas, balançou a cabeça. Todos o observavam, a sua presença era impressionante. Ele olhou para Eddy, para mim, tentou manter uma expressão severa sem rir, e disse em tom de repreensão: — Pensei ter contado a vocês dois: quando há dezassete deles, um de vocês tem que ficar de fora!

Risos irromperam de vários pais dos atletas. O rosto dos filhos ficou vermelho. Perry soltou uma risada que evaporou o feitiço que ele mantinha na quadra.

Perry pegou num jornal dobrado do bolso de trás e o colocou sobre a mesa enquanto se sentava entre nós. O juiz iniciou o processo, mas eu não consegui me concentrar nas palavras dele. A manchete do Ocean Springs Record proclamava BATALHA NA PRAIA DA FRENTE! e tinha uma foto ampliada da carnificina. A polícia e os paramédicos e as pessoas feridas estavam por toda parte no primeiro plano, a praia, a água e o céu escuro atrás, a lua brilhava. Era uma imagem bonita. Decidi comprar uma cópia e emoldurar.

— Você realmente tinha sangue de alguém em volta da sua boca? — Perry retumbou ao meu lado. — Diga-me que eles estavam a exagerar.

Eddy riu alto. O juiz franziu o sobrolho para ele. O meu sorriso parecia que ía dividir a minha cabeça ao meio.

— Gostariam de compartilhar o vosso humor, senhores? — O juiz nos perguntou, inclinando-se para a frente com uma careta.

Eu olhei para cima. — Na verdade não.

A sua carranca se aprofundou. Eu quase comentei como ele não parecia juiz. Ele balançou a cabeça e suspirou, olhou em volta para os atletas e seus pais e disse à sala: — Acho toda essa situação inacreditável. Um lutador de boxe e o seu treinador atacam dezassete estrelas de futebol na nossa própria praia. — Ele fechou os olhos para mostrar exasperação, mas eu podia dizer que ele secretamente pensava de outra forma. Como se ele se lembrasse de algum incidente durante o auge que ocupava um lugar especial no seu coração. Pude ver que ele já havia sido atleta uma vez, e talvez soubesse como era ter chances impossíveis e vencer. Não há sentimento melhor no universo. Ele disse: — Acho que vou cobrar de você e mandá-lo para a cadeia do condado.

Várias pessoas reclamaram em voz alta.

— Quietos! — Ele gritou. —Mais uma explosão e eu farei isso. Vocês, rapazes, não percebem o quão felizes vocês são, ninguém ficou gravemente ferido. — Ignorou os olhares de indignação dos homens de gesso. Ele olhou para mim, para Eddy. — Cada um de vocês pagará dois mil dólares à cidade, e estão condenados a compensar estes jovens e os seus pais por quaisquer faturas hospitalares que tenham resultado das suas manobras.

Ele olhou pensativo para as pessoas que obviamente queriam protestar. Olhou de volta para nós. — Por causa de seu status na nossa comunidade e do bem que você fez pelos nossos jovens por meio de programas de boxe, sou indulgente. Não serei da próxima vez. Você entende?

— Sim, senhor. — Eddy e eu dissemos juntos, suprimindo os sorrisos.

— Bom. Dispensados! Todos vocês saiam da porra do meu tribunal.

— Ele realmente disse *toda-se*? — Bobby me perguntou,

sentado num sofá atrás de mim e Anastasia, Blondie e Julian de cada lado dele. Eles compartilhavam uma tigela de pipoca e, pelo que parecia, já estava lá há um tempo. A tigela estava quase vazia, garrafas de cerveja vazias na mesa entre nós. A minha boca seca me disse que eu me empolguei, conversei por um longo tempo. Quão longo? Maldito transe de cocaína...

Anastasia olhou para mim interrogativamente. Percebi que ela queria que eu respondesse à pergunta de Bobby.

— Sim. Ele disse 'foda-se'. — Respirei fundo. Inalei. Preciso de ser reencriptado. Eu falei com o meu burburinho.

Bluh!

— Boa história, Babe. — Disse Blondie, a mastigar pipoca.

— Eu comprava um bilhete. — Concordou Bobby e jogou um caroço no ar. O braço de Blondie tremeu habilmente, pegou-o logo antes de atingir os seus lábios abertos. Ela esmagou-o em voz alta, olhou para ele com o seu olhar *Shall We Duel?*. Ele riu alto.

— Eu pensei que você tinha dito que tinha esquecido isso. — Disse Anastasia, sorriu. — Duvido que qualquer história que tenha o treinador seja chata. Todas as minhas são inesquecíveis.

— Mal posso esperar para ouvir mais das suas. — Eu disse como cortesia. Ela sorriu. Eu me virei e murmurei *Big Brother* antes de manobrar em torno dela. Já tive relações sociais suficientes, por agora. Entrei no corredor, com a intenção de revisitar a rampa de lançamento, e lembrei-me de uma coisa.

Balancei a cabeça, girei para trás, enfiei a cabeça na esquina e olhei para a minha garota. Ela descansou no sofá como uma supermodelo. Ela me viu e eu levantei o meu olhar. Eu disse: — Pipoca? Sério, Babe? Vou torcer os seus *pubbies* loiros por isso.

Ela gritou de uma maneira muito satisfatória e, assim, eu fiquei sem dúvidas. Nenhuma massagem nos pés para ela. Bobby e Julian riram. Anastasia me deu um olhar que dizia: *Por que eu nunca!*

Blondie sorriu sensualmente para reconhecer a minha única revelação, deu uma piscadela lenta e sexy que prometeu prazeres indescritíveis e bateu no nariz, unhas verdes brilhantes brilharam. Meu Johnson tomou nota. Acenei para ela me seguir até o banheiro.

III. UM DESEJO MORIBUNDO

— ANTES DE TE DIZER, QUERO QUE ME CHAMES Shocker. — Disse Anastasia quando perguntei para ela que diabos era aquela coisa no seu braço.

— E eu sou Ace. — Disse Julian, com um sorriso para mim e Blondie. Ele e Shocker estavam sentados no sofá à nossa frente. Bobby recuou numa poltrona com um *Michelob* e ouviu, todos eles fingiram que não tinham ouvido a minha menina gritar um orgasmo há minutos atrás. O rosto da Blondie ainda estava ruborizado, uma tonalidade interessante que diferia ligeiramente do constrangimento prudente de Shocker a pintar as bochechas.

Eu olhei para Shocker e Ace, balancei a cabeça. — Bom. Agora o meu *Lame Detector* não se desliga sempre que ouço os vossos nomes. — Eu soltei um suspiro divertido. — Anastasia e Julian. Nossa.

Blondie e Big Swoll riram, mas Shocker e o seu rapaz não acharam graça. Ei, eles não deveriam ter escolhido nomes que convidassem ao ridículo. Se eu os conhecesse um pouco melhor, eu assaria seus traseiros.

— Assassinar. — Shocker deixou escapar.

— Hã? — Virei minha cabeça para o lado.

— Às vezes eu ouço vozes. Elas gostam de criar palavras para o momento. A viciada em luta lá dentro sugeriu 'assassinar'. — Ela sorriu, mostrou os dentes. — Eu gosto disso.

— Eu também. — Eu devolvi o seu sorriso canino e o seu corpo inteiro flexionou, parecia em cada centímetro a atleta de corpo estranho, a sua chamada viciada em luta interior tentava sair. A minha cabeça latejava em advertência, talvez para me lembrar da sua capacidade de transformar assassinato numa palavra real. Blondie inconscientemente agarrou o meu braço, e eu pensei, ok. Vou ter que verificar a minha sinceridade ao seu redor. Até eu reforçar a minha defesa, enfim...

— A manga de compressão é uma criação recente do meu marido. — Disse ela após respirar calmamente. Ela inclinou a cabeça na direção de Ace, que adotou um olhar orgulhoso com as suas palavras.

— Uh. — Disse o nerd e reuniu os seus pensamentos. Ele definitivamente era da elite da inteligência. Ele sabia que a maioria das pessoas não conseguia seguir a sua linha de pensamento, então simplificou a sua prosa por nós. — São polímeros eletrótipos.

Blondie se levantou, encarando-o incrédula. — Você trabalha com materiais? — Ela perguntou, referindo-se ao campo da engenharia.

Agora era a sua vez de encarar com incredulidade. Talvez eu não tenha de me embotar nas minhas explicações, as suas sobrancelhas levantadas foram expressas. Ele parecia satisfeito e confuso.

Blondie riu e disse: — Você realmente descobriu como controlar uma resposta elétrica dos polímeros? Eu pensei que isso fosse apenas teoria.

— Tecnicamente é. Este protótipo é desconhecido da comunidade científica.

— E não temos planos de anunciar. — Acrescentou Shocker, ao analisar Blondie, confusa ao perceber que essa garota feminina conhecia o assunto.

— Compreensível. — Eu disse. Todos assentiram.

Ace continuou a falar animadamente. — Os polímeros se dobram e se esticam como os músculos. A camada interna possui sensores que intuitivamente movem as fibras musculares, informando o material como se contrair ou se esticar para ajudar.

— Fonte de energia? — Blondie perguntou, de pé e se aproximando para estudar a manga atentamente. Parecia metal líquido, preto-prateado, refletivo. Uma pequena fita contendo fios saia da parte superior da manga no ombro e conectava-se à sua blusa.

— Surpreendentemente, ele não requer muita voltagem. Por isso, projetei esta camiseta que converte o calor do corpo em corrente contínua. Ele alimenta a manga. Quanto mais quente ela fica, melhor funciona.

Eu escolhi ignorar essa linha reta, o humor que o nerd não parecia entender. Todos, menos ele, riram. Eu olhei para o tanque preto de Shocker, que estava apertado contra o seu torso, mas não mostrava aparência externa de ser composto de algo especial. Parecia uma camisa grossa e cara que você veria numa prateleira na Macy's.

Blondie sentou ao meu lado novamente. Olhou para Ace. — Sentiu poder?

Ele assentiu, impressionado. Ele agora deve saber que ela foi estudante de engenharia. Com a sua aparência de Giselle, ela engana todo a gente. Ele olhou para as mãos dela, dedos longos perfeitos que eram improváveis inovadores, pareciam mais adequados para criar estilos de cabelo do que invenções mecânicas ou eletrônicas. Ele olhou de volta para o rosto expectante dela. — Tecido à base de nanotubo de carbono. Cria uma tensão a partir de uma diferença de temperatura entre a pele e a camada externa da camisa. A energia térmica de um lado do material aciona os elétrons. Eles diminuem a velocidade e se acumulam no lado mais frio, gerando uma tensão.

— Você provavelmente poderia carregar um telefone celular ou acender uma lanterna com ele, hein? — Blondie se aventurou, bateu um dedo no lábio inferior.

— Claro. Talvez ligue um portátil. Todos os tipos de acessórios.

— Por que apenas uma manga? — Eu perguntei.

Shocker olhou para mim. — Fui baleada no ombro esquerdo enquanto resgatava o meu filho.

— Ai. — Eu simpatizei. — As balas são uma cadela.

— Com certeza. — Ela esfregou o ombro. — Trinta e seis. Fraturou o meu úmero. — Ace apertou o outro ombro e ela lhe deu um sorriso agradecido. Ela nos disse: — Ace acha que o titânio no meu braço é chefe. Não acha, querido? — Ela acariciou os seus cabelos.

— Sim querida. — Ele murmurou como um idiota.

— Big Brother. — Eu resmunguei em reflexo, embora por algum motivo não sentisse nojo pelo drama que eu senti antes.

O que essas pessoas estão a fazer comigo? Não me importo com eles, disse a mim mesmo, não acreditei.

Eu bocejei alto, e como um bocejo que é contagioso, a Blondie bocejou ao meu lado. Eu olhei para ela. Ela sorriu, os dentes brilhantes e perfeitos. O nariz inerte virou ligeiramente para cima na ponta. Hoje ela só usava brilho labial, nenhuma outra maquilhagem. Ela não precisava disso. O rosto dela, até mesmo afinado com cocaína e simplesmente corroído da nossa casa de banho, seria a inveja de qualquer rapariga se estivesse na capa de uma revista. Olhei para a blusa dela, com os peitos redondos perfeitos a inchar de um sutiã preto rendado. Pendurei a língua de fora, ofegante, a olhar para o peito dela como um pervertido num clube de striptease. — Querida, gosto da forma como os teus peitos são apresentados hoje. É como se estivessem a fazer um discurso, informando os detratores que há um novo padrão para odiar, e exigindo uma dupla atenção de todos os que admiram a estética de um peito de qualidade.

Ela revirou os olhos, lábios torcidos para segurar um sorriso. — Raz, a pontuação está equilibrada. Resolvemos isso no lava-loiça. Pára de tentar começar mais merda só para podermos fazer barulho e depois foder de novo.

— Vale a pena tentar. — Sorri. Ela me bateu pelo meu esforço.

— Uh. — Ace disse, parecia que ele ia perguntar se precisávamos de privacidade.

— Uau. — Disse Bobby. — Vocês são loucos, mesmo para os brancos.

— Sim. Eles deveriam ter o seu próprio reality show. — Disse Shocker sarcasticamente, de repente, impaciente.

— Nós tivemos. — Respondeu Blondie.

— Você deveria assistir. — Sugeri, ignorando a atitude dela.

Shocker olhou para mim. Eu dei um olhar exagerado de volta e ela riu. Ela olhou em volta para todos. — Eu não sei sobre vocês, mas estar aqui me emocionou. Tudo o que eu quero fazer é ir para casa, para os meus filhos.

— Você tem filhos? — Eu perguntei. Isso foi inesperado.

— Dois. Um menino e uma menina.

Blondie esmagada. Fiz uma careta, recordei a nossa recente conversa sobre o nosso futuro e a possibilidade de termos filhos. Ela queria um. Eu não estava preparado. Ela não exigiu exatamente que eu a deixasse ou trocasse, embora estivesse perto. Felizmente, consegui distraí-la com brinquedos sexuais e drogas (sim, percebo que isto está errado. Vai-te lixar por me teres apontado isso. Só ainda não estou pronto para me comprometer, está bem?).

Eu podia dizer à minha miúda que queria grelhar a Shocker para obter detalhes sobre os seus ratos de tapete, mas estava relutante em envolvê-la em conversas de miúdas. Funcionou muito bem para mim. Eu estava prestes a colocar alguma música e sugerir a todos que se levantassem e abanassem o rabo, bebessem mais cerveja, quando o irmão do Eddy entrou pela porta da frente.

— Tudo bem. Você está aqui. — Disse Perry, enquanto fechava a porta. Ele entrou, parou ao lado de Shocker e Ace. Ele tinha um metro e oitenta, quase trezentos quilos, cabelos escuros curtos sobre uma cabeça enorme, barba no queixo, braços enormes seguravam vários sacos de compras, que enrugavam os jeans Levi's e uma simples camisa verde publicitava o Beau Rivage Casino. Ele provavelmente foi o melhor cozinheiro que eu já conheci, o seu sorriso mordaz e os seus olhos escuros e cintilantes empolgados por criar alguma extravagância gastronômica que pesava muito nos sacos Winn Dixie. Ele levou um tempo a analisar nós os cinco, a sua presença tão impressionante como sempre, lembrava mais uma vez aquele dia no tribunal que fez história local. Sorriu com genuína alegria e nos disse: — Se você quiser comer, saia do armário e descarregue as compras.

Com o estômago cheio de cocaína, eu não estava com fome, mas sabia que devia comer alguma coisa. Eu costumo comer seis refeições pequenas por dia, um regime que mantém o meu metabolismo elevado, queima gordura e processa nutrientes com muito mais eficiência do que o tradicional esquema de três refeições por dia. Era um trabalho para comer enquanto voava em alta velocidade, mas necessário. Fiquei agradecido por Perry se oferecer para partir o pão. Faz muito tempo desde que ele, Eddy e eu, estivemos sentados nesta casa, a devorar quantidades enormes de comida. Eu não me esquecia da qualidade da comida de Perry e Eddy mesmo se eu tivesse Alzheimer. Eu comi aqui durante anos quando era adolescente.

— Hora da comida, Babe. — Eu disse, dei uma palmada na coxa de Blondie, levantando-me rapidamente para evitar o seu contra-ataque. O seu gancho ficou a centímetros do meu estômago, bateu forte nas costas do sofá. Ela gritou com a falta. — Há. — Eu disse com prazer malicioso, dancei enquanto ela me sacudiu. Eu me virei, e saí para pegar em algumas sacolas de compras. Todos seguiram. A carga da *pick up* de Perry, uma GMC de 49 que enganava com o brilho no escuro da tinta laranja, esvaziou em minutos.

Com um barulho satisfeito depois que as compras foram colocadas no balcão da ilha, Perry esfregou as mãos na pia e andou pela cozinha como um mentor no Master Chef. Ele vasculhou armários e gavetas, pegou em várias panelas, utensílios e em minutos a mistura de molhos aquecidos, carnes marinadas e legumes frescos picados nos intoxicou.

A música começou a tocar na sala de estar. *My Girl* dos *Temptations* acompanhada pelo estalar de dedos de Bobby. Pareciam rifles de espingarda .22. Ele deu a volta como os lendários membros da banda fizeram no palco, balançou os braços, inclinou os ombros, cantarolou, cerveja fresca na mão. Blondie riu, observando-o por alguns minutos antes de se juntar ao seu zumbido e dançarem em harmonia.

Eu olhei de volta para a cozinha. Ace e Shocker conversavam enquanto lavavam alface e tomate, entregando-os a

Perry, que os picou para saladas numa enorme tábua de madeira montada no balcão da ilha, com a lâmina tremendo tat-tat-tat-tat em sua mão tremenda.

Eu não estava acostumado com o que estava a acontecer aqui, comecei a me sentir extremamente desconfortável. A única vez que comi com um grupo de pessoas foi nos restaurantes, e elas eram todas completamente estranhas, não pessoas que eu gostava.

Pensei que você não gostasse dessas pessoas, meu subconsciente zombou.

— Desculpe, bastardo. — Eu resmunguei comigo mesmo e com a situação. Eu não gostava de estar fora da minha zona de conforto. Não era só comermos juntos. Era a camaradagem, a treta de sentimento amigável e boa vontade. Prefiro passar a minha vida na companhia da minha cadela e da minha mota. Gosto de festas e de discotecas de vez em quando, quem não gosta de dançar, de drogas e um efetivo de marcas, mas isto foi algo completamente diferente. Não havia uma percentagem para participar nisto. Parecia de alta manutenção, cheio de drama, e, o pior, estas pessoas não eram testemunhas dispensáveis.

— Mas não posso abandoná-los agora. — Suspirei.

Eu olhei à volta para os meus novos conhecidos, relutante me submeti ao sentimento alienígena exaltado no meu núcleo. Ugh. Sentimentos. *Então, cedo o último de meu cinismo, pelo menos eles não estão a postar cada minuto de suas vidas no Twitter.*

Perry fez uma pausa enquanto esperava as coisas para cozinhar. Ele acenou para chamar a atenção de todos e anunciou: — Tenho uma surpresa para todos. Inclusive para mim, começo a pensar nisso. — Ele riu. — Eu também não vi.

Todos murmuraram em surpresa agradável, aglomerando-se ao redor de Perry quando ele ligou a TV na sala de estar, uma tela de plasma Sony de 55 polegadas. Ele colocou um DVD na lateral e usou o controle remoto para iniciar o vídeo. De repente, a enorme cabeça do meu treinador encheu a tela, dez vezes o tamanho natural. Foi bastante perturbador. Ele parecia saudável, um pouco mais velho do que a última vez que falamos há doze anos, embora basicamente o mesmo buldogue dinâmico com força de gorila que eu costumava a amar como pai. Ver o seu rosto no vídeo me fez sentir falta dele mais do que a foto do obituário.

Você conhece esse sentimento? Merda.

Eddy sorriu, mandíbula chutada para fora como se dissesse: "Você está pronto para isso?" Ele olhou para a frente, parecia saber que Perry estaria no meio, tendo iniciado o vídeo e recuado. — Obrigado por cuidar disso, Perry. Se as coisas derem certo, essa equipe pode se tornar parte da sua vida. Deus sabe que eles precisam de você.

As sobrancelhas ao redor da sala se ergueram com isso, os lábios contraídos ou a testa franzida. Foi uma bomba. A ideia de nos tornarmos familiares não tinha sido pensada, muito menos expressada. E não teria. Eddy, sempre colocava as pessoas no local, apenas deu um soco em todos nós com a pressão esmagadora do planeta. Na verdade, é difícil deixar seis pessoas desconfortáveis com algumas frases. Eddy fez isso como se reiterasse algo que ele havia estudado no Livro do Destino, um oráculo acessível apenas àqueles que são tão mundanos e conhecedores da humanidade quanto o meu treinador.

Ele retomou. — Sem pressão, ou qualquer coisa. — Outro sorriso esperto, então ele se dirigiu à garota-animal. — Clarice. The Shocker. Você é a minha conquista mais especial. O meu legado como treinador é extraordinário por causa do que você conquistou no ringue. O meu orgulho como mentor é extraordinário por causa do que você conquistou como mulher, esposa e mãe. Uma empresária.

Ele ficou quieto, procurava palavras. Shocker fungou, lágrimas escorreram por suas bochechas. Todo a gente ficou desconfortável. Eu senti que não devia ouvir todo esse carinho amoroso, e não estava exatamente emocionado por fazer parte disso. Eu bufei, trocava entre os pés.

Eddy olhou para a esquerda, diretamente para mim, e latiu: — Razor! Garoto, você precisa do seu traseiro por muitas razões. — Suspiro pesado. — Mas independente-mente de toda a ESTUPIDES da sua vida, você ainda é um bom rapaz. Você deixou o Velhote orgulhoso inúmeras vezes. Fizemos uma boa corrida nos amadores, não foi? Muitas lembranças que eu prezava. Espero que os teus filhos e protegidos te façam tão feliz, e tão frustrado, como tu me fizeste a mim. Trabalhaste muito, filho. — Ele sorriu, e depois fez uma caixa de sombras com algumas combinações.

Eu sorri de volta até que notei que Blondie me olhava intencionalmente. Ela levantou uma sobrancelha, inclinou a cabeça para a TV, deu uma dica, e me dei conta de que ela levou a sério as menções de Eddy às crianças. Sacudido como se estivesse preso com um picador de gelo, o meu sorriso desapareceu. Era difícil não encarar e xingar a presença virtual de Eddy. Aquele velho bastardo!

— Você foi um ponto doloroso na minha vida. — Ele me disse. —Mas Pete Eagleclaw te ensinou bem. Transformou-o na mente criminosa que é hoje. — A sua mandíbula chutou para o lado, e eu recordei a expressão como sendo a que ele usava por exagerar ou sarcasmo. — O infame traficante conhecido por toda a família criminosa e gangue de rua da Flórida ao Texas.

Eu gemi, ignorei os olhares estranhos que recebi. *Aquele velho bastardo!*

Eddy ficou sério. — Apesar de me ter afastado desse estilo de vida há duas décadas, o vigarista que há em mim gostava das tuas conquistas no submundo. Quando ouvi que ias desistir, não acreditei. Eu queria, mas... não consegui. Eu só sabia que ias acabar na prisão. Por uma vez, fiquei contente por estar errado. — Ele deu um suspiro de satisfação, um sorriso fraco.

Eu olhei para os outros, sentindo-me envergonhado. Nunca ninguém falou comigo dessa maneira. O Eddy parecia um pai de novela a jorrar depois de se ter reunido com o seu filho afastado. O meu sistema não estava ligado para processar esta merda. Os meus punhos balançaram, e eu juro que teria feito KO em qualquer um que tentasse abraçar-me nessa altura.

Eu rosnei, tentei relaxar. Blondie sabiamente manteve uma expressão neutra.

Eddy olhou para o meu lado, para Blondie, o seu estranho conhecimento das nossas posições era irritante. O homem estava morto, mas aqui estava ele a falar connosco como se estivéssemos realmente em pé na frente dele. — E minha linda Blondie. Eu tinha grandes esperanças para você depois que venceu o Campeonato Mundial. Com o seu olhar espetado e nocauteado, você podia ter sido uma celebridade entre as celebridades. — Ele balançou a cabeça melancolicamente. — Mas você foi outra deceção. No começo, pensei que o seu amor por Razor cegasse você, que estava sob a influência dele. Mas mudei essa visão. Era eu quem estava cego, a sua aparência e personalidade amorosa provavelmente enganaram inúmeros velhotes como eu, hein? Quem pensou que você era uma bandida nata. Devo me desculpar por tentar convencê-lo a deixar Razor.

— Ele disse para você me deixar?! — Eu gaguejei para a

minha garota. Eu não consegui esconder o choque do meu rosto. Ela nunca tinha mencionado isso.

Ela me acenou, enxugando lágrimas dos seus grandes olhos brilhantes. O choque foi registrado ao ver isso. Ela nunca chorou. Ainda a olhar para Eddy, ela disse: — Ele pensou que eu acabaria na prisão se ficasse com você.

Todos, exceto ela, me olharam com desconfiança. Eu não me importei com eles, apontei para a televisão.

Eddy disse: — Agora que já disse aos meus filhos como me sinto, todos os ressentimentos à parte, podemos chegar à carne desta sanduíche. — Ele limpou a garganta de emoção, apertou as mãos na frente. Tudo o que podíamos ver era a cabeça, os ombros na sua jaqueta de boxe americana e uma parede branca atrás dele. — Há alguns anos, comecei a trabalhar num projeto com implicações de grande alcance. Tornou-se perigoso e eu sabia que havia uma hipótese de eu ser morto. Daí a vontade e este vídeo agradável. — Ele deu um sorriso torto, ficou sério novamente. — Este trabalho precisa de ser feito. Eu não consigo pensar numa equipa melhor para resolver isso do que vocês. Eu podia lidar com isso a solo na maior parte do tempo, reuni informações e puxei as cordas aqui e ali. Mas estou morto agora. Esqueçam isso. — Ele encolheu os ombros. — Eu me senti confiante de que os meus filhos iriam continuar de onde parei. Todos vocês estão bem ao ponto de obter ganhos monetários que pouco interessam para vocês. Vocês todos estão aposentados das vossas várias profissões e provavelmente estão entedia-dos. Vocês são jovens demais para viajar pelo país num trailer ou passar o resto dos vossos dias num campo de golfe. — Ele fez um som de nojo com esse pensamento. — Então, que melhor herança eu poderia vos dar? Eu me perguntei. Uma chance de fazer a diferença no mundo. Vocês podem fazer isso com este trabalho.

— Que diabos é esse trabalho, treinador? — Shocker gritou, frustrada de uma maneira que eu pude me identificar. Eu sorri.

Eddy apontou para ela. — Eu sabia que você perguntaria isso. — Ele riu. Olhei para Perry, pensei brevemente que isso era algum tipo de brincadeira, que Eddy estava vivo, na sala ao lado, a brincar com a gente. A minha teoria da conspiração desapareceu. Eddy disse: — Negócios sérios agora. O crime organizado na nossa costa raramente é algo importante, mas afeta quase todo o mundo, mesmo que indiretamente. O problema é que está a se tornar desorganizado. E isso significa sérios problemas para todos, de políticos a mães de futebol.

— Os gangues de rua vietnamitas são as culpadas, invadiram o território de todos, assumiram raquetes e desperdiçaram-nas descuidadamente. Eles estão a dificultar a velha máfia vietnamita a manter a paz. É um mau negócio. — Ele rosnou, depois olhou para mim. — Como criminoso alfa deste grupo, tenho a certeza de que você está a se perguntar por que eu dou importância aos vietnamitas. A resposta é complicada. Eu me preocupo com a minha casa, e isso inclui tudo de bom e ruim. Toda a economia da costa. Pense em quantas empresas os vietnamitas têm os seus pauzinhos inteligentes. É substancial. Se eles perdem o controle desse império com essas calças largas, bandidos de cabeça d'água, entrarão em colapso, levarão todos os que estão conectados a eles Centenas de empregos serão perdidos, talvez milhares, crianças serão desabrigadas, pessoas serão mortas.

— Eu já podia calcular. — Ace murmurou. Shocker o cotovelou em silêncio, como se estivesse a revelar um segredo. Bobby acenou para ele com uma carranca maldita. Blondie e eu olhamos para eles com curiosidade, de volta para a TV.

— Há muito mais nesta história. O que interessa é que a velha Máfia Vietnamita sabe como cuidar dos negócios. Claro, eles gerem a droga, trabalham com prostitutas, lavam dinheiro e fogem aos impostos. Todas as guloseimas. Mas fazem-no economicamente. Todos beneficiam. Estas novas crianças não fazem a menor ideia. E, para juntar gás ao fogo, estão a partir camiões com os bandos negros. A fazer batota, a fazer *drive-by* e disparates como esse. Não têm respeito pelo que resta da máfia Dixie ou dos italianos e estão à beira de uma guerra total com La Família, a mais recente família criminosa a reclamar um pedaço do nosso território. — A sua cara sombria mostrou o que ele sentia por isso.

— O povo de El Maestro? — Shocker disse inquieta. Ace e Bobby pareciam veados presos nos faróis. Shocker olhou para mim. — Eu odiaria estar no meio de uma guerra com eles.

— Você conhece o El Maestro? — Eu perguntei. Essa garota realmente se mexe. Não fiquei realmente surpreso que ela conhecesse o líder de um grande cartel de drogas. Ela trabalhou profissionalmente em todo o México e numa dúzia de outros países administrados pelo crime organizado.

— Infelizmente. — Ela resmungou.

— Os Two-Eleven são os principais instigadores. — informou Eddy. — Eles têm aliados de marcas semelhantes. Todos eles sem cérebro, apesar de terem músculos e audácia para causar danos sérios, possivelmente até dominar a máfia. Não podemos permitir que isso aconteça.

Eddy fez uma pausa para considerar uma conclusão sobre o seu desejo de morrer. Pensei em como isso poderia me afetar, a minha cadela ou a minha mota, e se eu me importava. Com uma clareza impressionante, percebi que me importava. Esta foi a minha casa. As minhas pisadas. O pensamento de se tornar mais perigoso não me incomodou nem um pouco, isso foi perversamente emocionante. Embora eu soubesse, a longo prazo, seria demais para lidar. Já tínhamos bêbados e idiotas mais do que suficientes. E eu não queria ver crianças a sofrer, famintas ou traumatizadas, porque os seus pais perderam os seus empregos ou casas ou foram arrastadas por algum gângster com AK e sem QI.

Você não gostaria de criar os seus filhos num lugar como esse, certo? O meu subconsciente jogou na minha cara.

Eu não conseguia manter a minha expressão neutra. Blondie olhou para mim, pensamentos semelhantes percorreram a sua bonita cabeça. Nós olhamos nos olhos um do outro, sem palavras necessárias, as nossas mentes agitavam as mesmas engrenagens. Ela viu que eu estava preocupado, uma raridade para mim, e sabia que não era apreensão por bandidos armados. Ela deduziu que a minha preocupação era com o nosso futuro e tudo o que isso implicava. Ela se virou e me abraçou, assumiu demais para o meu conforto. Os meus punhos cerraram autonomamente. Eu queria amaldiçoá-la pela pressão que roía os meus ossos. Eu queria bater nela. Mas no final, apenas suspirei de aceitação e apertei de volta.

Ela cheirava tão bem, meu Johnson observou.

Soltamos e voltamos para a TV. Shocker e Ace estavam de mãos dadas. Eddy tinha um olhar desonesto, um mestre na frente de uma câmera, mostrava os seus anos de experiência em ser filmado em promoções de boxe. Num tom formal, ele disse: — A sua missão, se você aceitar, é neutralizar os Two-Eleven, os seus aliados, e restaurar a velha Mafia Vietnamita no poder. Como sempre. — Ele riu. — Se você for preso. Negarei qualquer associação a você ou à missão. Esta mensagem se autodestruirá em cinco segundos. — Ele se aproximou da câmera e de repente deu um soco.

A tela ficou preta e todos rimos. Exceto Shocker. Ela se

lançou para a frente, apertou OPEN no aparelho de DVD, esperou impaciente a bandeja ejetar e arrancou o disco fumegante, gritos de surpresa ecoaram no teto alto enquanto ela o enfiava no corredor. Ele caiu sobre os azulejos, quase sem um tapete caro, fumegava, o plástico queimado encheu o ar. A cordite no disco teria incendiado o tapete sob os nossos pés. A menina era uma pensadora rápida. A minha estima pela lenda aumentou um pouco mais.

Ela suspirou, limpou as mãos na bermuda, virou-se para nos olhar. Encolheu os ombros. — O treinador nunca deixou para trás nenhuma evidência incriminadora.

Blondie e eu trocamos um olhar surpreso. — Pete Eagle-claw. — Dissemos juntos. O nosso mentor de engenharia fez esse DVD para Eddy.

Que diabos?

IV. PRIMEIRO TRABALHO DA EQUIPA

ERA DEMASIADA COMIDA. A MESA PARA DOZE NA espaçosa sala de jantar, chão branco brilhante, refletia pouco as paredes verdes escuras, liso, exceto uma pintura de paisagem marítima pendurada atrás de Perry à cabeceira da mesa. Nós os seis estávamos espaçados uniformemente, Bobby de frente para Perry na outra ponta, Blondie e eu de frente para a fera e o totó. O rock dos anos 70 tocava na sala de estar, os riffs de guitarra faziam-me bater com o pé e a cabeça sem pensar. Panelas e tigelas montadas com delícias fumegantes foram colhidas com gosto por uma dúzia de mãos esfomeadas. Garras de caranguejo e espargos foram passados educadamente, manteiga derretida, invocando saliva muito apreciada na minha boca de coquetel. Nós cozinhamos bife com costelas picadas em rolos de pita, fixações crocantes de salada e cheddar forte caíram no meu prato após cada dentada. Eu atirei-me ao chão. A comida dominou a droga, e comecei a sentir-me privilegiado por estar aqui.

Tomei um copo alto de chá doce, incapaz de não comparar os hábitos alimentares das mulheres. Blondie levou um tempo entre as mordidas, conversava e ria com Perry, Bobby, e tinha comido talvez dois terços do seu prato. A garota-besta era toda negócio, sem conversa, depois de comer o seu bife tão rápido quanto eu, olhava a outra enquanto cortava aspargos em pedaços pequenos. Perry e Bobby, ambos gigantes, conseguiram conversar enquanto consumiam porções desordenadas.

Perry levantou-se e desculpou-se, retornando um momento depois com uma pilha de pastas de papel pardo, arquivos de aparência importante com um centímetro de espessura. Eu percebi que eles estavam certos quando ele disse: — Arquivos sobre o projeto de Eddy. — Ele folheou um aleatoriamente. — Parece fotos de pessoas, residências e empresas. Muitas notas detalhadas. Este foi um ano de trabalho, pelo menos.

Shocker e eu os alcançamos ao mesmo tempo. Nós agarramos um do fim da pilha e puxamos, nenhum disposto a deixar ir.

Perry sorriu, deu uma palmada nas nossas mãos. — Eu vou segurar isso por enquanto, até vocês entrarem em acordo.

Eu olhei para ela, tentei projetar a razão. — É improvável que alguém nesta sala saiba mais sobre o submundo Vietnamita do que eu.

Blondie cruzou os braços, olhou para Shocker, os lábios contraídos em um "Deixe o meu homem ter essa atitude de merda". Bobby e Ace pareciam indecisos, evidentemente acostumados a seguir a garota-besta, embora soubessem que o que eu disse era verdade. Shocker parecia ter comido algo sujo. Ela acenou com a cabeça para Perry, que bufou divertido antes de colocar os arquivos na frente do meu prato.

Eu limpei as minhas mãos. Peguei na pasta de cima, abri-a, não pretendia lê-la ainda. — O que Eddy disse sobre os OGs estava correto. Eles cuidam dos negócios e garantem que não haja resultados desnecessários de BS de suas empresas. Mas eu não concordo com o que ele disse sobre o Two-Eleven e seus aliados. — Fechei os arquivos.

— O que você quer dizer? — Bobby disse, afastando o prato, limpou a boca e as mãos.

— Eles não são todos cabeças de água. Alguns deles são muito inteligentes.

— OGs? Esses são os líderes da Velha Máfia do Vietname, certo? — Ace quis esclarecer.

— Certo. — Eu disse. — Eu conheço um dos OGs. Ele pode nos ajudar. Mas não posso ir vê-lo sem uma escolta. — Eu olhei para a minha garota.

— Armas grandes? — Blondie levantou uma sobrancelha perfeita, bateu um guardanapo nos seus lábios carnudos.

Eu balancei a cabeça, fechei o meu punho para não deslizar a minha mão sob a blusa dela. — Envie uma mensagem para ele, sim? Precisamos marcar uma reunião com Trung.

Shocker franziu a testa. — Esse nome parece familiar.

— Trung é um dos nomes vietnamitas mais comuns, embora não haja nada em comum nesse homem. Ele dirige a Família Dragão.

— Parece um grande negócio. — Disse Shocker.

Eu olhei para ela. — A Família Dragão é enorme, com muitos subconjuntos e milhares de membros na maioria das grandes cidades. Os seus colegas, a Tiger Society, são igualmente poderosos e onipresentes. Os Two-Eleven são um subconjunto da Tiger Society.

— Isso parece algo que você veria na TV, não por aqui. — Declarou Perry.

— Oh, eles são muito reais. Essas organizações têm negócios legítimos, mas têm inúmeras facções envolvidas em todas as atividades criminais que você pode imaginar, e mais algumas. Pense em toda a cocaína, maconha e ecstasy na costa. Esses homens são os principais fornecedores e distribuidores há mais de uma década, mas você raramente os vê serem presos. Eles são inteligentes, pagam a Força-Tarefa de Narcóticos para evitar ataques, e geralmente podem tirar o pessoal do gancho, se o fizerem. são atendidos. Eles cuidam de si mesmos.

— Então, eles estão organizados com vastos recursos e mão de obra, e nós cinco vamos espancá-los e limpar a sua bagunça? — Shocker disse num tom que era mais brincalhão do que cético. Bobby e Ace olharam para ela e sorriram.

— Nós seis. — Corrigiu Perry. Shocker sorriu para ele.

— Não tenho nada melhor para fazer no momento. — Respondi, enquanto tentava não mostrar o quanto estava empolgado. Isso prometeu ser uma cadela complicada de perigo, e eu mal podia esperar para começar. Esfreguei as minhas mãos juntas. Blondie, uma viciada em perigo, sorriu e se contorceu ao meu lado. Coloquei a minha mão na perna dela e apertei. Ela beliscou alegremente.

Perry levantou o copo de chá. — Para o projeto de Eddy. Que a missão do bastardo não nos mate a todos. — Sorrisos e copos levantados ao redor da mesa.

Shocker bebeu, olhou para os rapazes. — Espero não me arrepender disso. Ainda não tenho certeza de seguir o Presidente das Ruas Unidas da América. — Ela apontou um polegar para mim.

Empurrei os meus ombros para trás, alisei a frente da minha camisa, endireitei uma gravata imaginária. Num tom cheio de ego, eu disse: — Presidente, vadia.

Perry insistiu em limpar a louça, e todos nós agradecemos a ele pela refeição requintada antes de sair pela porta da frente, as meninas o abraçaram, os rapazes seguram a mão dele. Ele segurou para nós. — Mantenham-me infor-mado. Quando vocês precisarem de primeiros socorros ou algum músculo extra, vocês sabem onde me encontrar.

— Faremos, Unc. — Eu disse e apertei a sua mão. Virei-me para caminhar até minha mota. Lembrei de algo, me virei de volta, me desculpando. — O banheiro do corredor?

— O que tem isso? — Perry fez uma careta.

— Desinfete a pia.

— Malditos garotos. — Ele murmurou, fechou a porta.

Na entrada parecia que estávamos a nos preparar para um evento do Cruisin' the Coast. Shocker, Ace e Big Swoll rolaram para fora da garagem num péssimo El Camino de 59, vermelho e cinza com rodas personalizadas de 20. A porta da garagem parou e fechou. O som do motor me fez querer atropelar o grande monstro lá em baixo, respirei pelo menos 550 cv, acariciei cada parte de mim que gosta de andar rápido.

Blondie admirava a carona de Shocker com aquele olhar ciumento e invejoso que eu não estava acostumado, mas estava a começar a gostar. Me lembrou de dias antes de eu a conhecer, quando as meninas competiam pela minha aten-ção, faziam tudo menos cortar a garganta uma da outra. Ah... lembranças adoráveis.

O Ford 52 de Blondie, era uma máquina bonita, com tons roxos escuros e fluidos que refletiam as estrelas do céu escuro. Ela entrou, fechou a porta. Ligou e acelerou o motor Ford Racing de 600 cv, silenciadores de turbo Flowmaster rugiram, vivos e ansiosos em busca do seu toque no acelerador.

O meu sorriso decidiu que era permanente. Acenei para Blondie, fiz um movimento para ela rolar pela janela. Entre-guei os arquivos de Eddy e segurei a minha sacola de coca-cola aberta na frente de seus peitos. Meu dedo mindinho saiu a correr e roubou uma cócega. Uma unha longa e verde bateu na minha mão, depois desapareceu dentro do saquinho, até o nariz dela, o seu cheiro do solavanco delicado e preciso. Ela me mandou um beijo, me deu uma boleia, e eu carreguei as duas grandes saliências para mim antes de embolsar a droga, coloquei o meu capacete, montei a Suzuki. — Aí vem problema! — Eu avisei o público.

Shocker gritou comigo. — Onde fica a garagem?

— Na noventa, em Pass Christian.

Ela acenou, executou uma curva de três pontos com facilidade, os tubos de escape duplos e gordos do El Camino, hiperventilaram um grande laço de cames enquanto deslocava as engrenagens, soou ensurdecedor enquanto corria pelo longo caminho, para a estrada ao lado da praia, loira quente na sua cauda.

Revelando o gotejamento fresco que me violou os sentidos, tive de exercer uma grande contenção para não deixar marcas negras no cimento, acelerei depois das duas mulheres loucas que certamente atrairão todos os agentes da autoridade entre aqui e o condado de Hancock.

Apanhámos um sinal vermelho no cruzamento da Autoestrada 90 e da Washington Avenue. A F100 e o El Camino alinharam-se lado a lado na ampla faixa branca. Parei vários metros atrás deles para evitar detritos voadores de seus enormes pneus. As garotas se entreolharam, perfilaram uma colagem de vermelhos, amarelos, do jogo das luzes, olhos indistintos, embora abstratamente determinados. Elas ficaram de olho no tráfego, antecipando o clarão verde que começaria a corrida de arranque.

O que é que se passa com os sinais vermelhos que nos fazem querer correr com o piloto ao nosso lado? Era um prazer emocionante, para ter a certeza, mas um prazer que elas não deviam satisfazer nesta altura. Shocker e Ace eram grandes fugitivos, e Blondie não era propriamente amada pela gente local. Apenas abanei a cabeça, espantado com a energia que as mulheres têm quando competem umas contra as outras. *E elas têm a coragem de troçar dos homens que fazem coisas incrivelmente estúpidas em nome do estatuto.*

Mistificante.

Blondie havia reconstruído o 429 no Ford, e estou disposto a apostar que a Shocker havia reconstruído todo o El Camino. Se bem me lembro, ela era dona de uma oficina mecânica em Woolmarket, Custom Ace, antes de ela e o marido serem presos quatro anos atrás. Essas duas mulheres malucas já haviam contestado as suas habilidades de luta. Agora elas contestarão as suas habilidades *Who's the Better Builder e Driver*.

O meu Johnson decidiu que não precisava de sexo para estar no Céu e inchou com euforia divina enquanto os anjos dinâmicos deixavam marcas negras ridiculamente longas no cruzamento, luz verde a esbater-se por cima enquanto eu andava atrás delas, a rir como um louco.

A Ponte Fort Bayou estava a cerca de um quarto de milha à frente, o pé da ponte era uma linha de chegada perfeita para a sua corrida. Evidentemente, as raparigas não ficaram satisfeitas com um empate, explodiram sobre a ponte sem pensar em abrandar, tecendo à volta de vários carros, buzinas a gritar afogadas pelo mugido do escapamento dos dois grandes blocos, ondas sonoras a disparar sobre a água escura.

Os meus pneus atingiram a grade da ponte levadiça, a traseira da Pirelli perdeu momentaneamente a tração no aço, o motor da moto correu, a borracha segurou firmemente, abriu na frente enquanto eu rolava no concreto mais uma vez. — PRESIDENTE, CADELA! — Gritei no meu capacete, mudei de marcha.

As largas faixas ofereciam muito espaço para manobrar em torno dos poucos veículos que estavam na estrada de manhã tão cedo. Inúmeras empresas, praças médicas, postos de gasolina movimentados, rastreadores periféricos remanescentes de uma grande viagem ácida. Uma rápida olhadela no velocímetro me disse que estávamos a ir a 240 km/h, as garotas logo à minha frente, lado a lado, os seus hot rods iguais. Ambas tinham suspensões batidas, tipo NASCAR, pneus largos e aerodinâmicos que adoravam altas velocidades, cantos complicados e muita coragem ao volante.

Uma curva à frente suavemente inclinada para a direita, uma grande intersecção com a Lemoyne Boulevard perpendicular a ela. Por mais perigoso que isso fosse, não me preocupava. Mas a subestação do Xerife que tivemos de passar para lá chegar, sim. O nosso trio de 150 milhas por hora passou pela estação com barulho suficiente para rivalizar com a explosão sónica de um jato de caça, certamente a despertar os comedores de donuts que se autodenominavam deputados. O cruzamento tinha alguns carros, nenhum no nosso caminho, luzes vermelhas mal se registravam nos meus sentidos, um caminho direto mostrava a Interstate a 10 meros segundos de distância. O Speedway à direita, o Denny à esquerda, as luzes de travão das miúdas a brilhar enquanto abrandavam para a rampa de acesso.

Enquanto eu me inclinava para seguir, eu balancei a minha cabeça e vi barras de luz a piscar em várias corridas da Crown Victoria na nossa direção, bem atrás de nós. — Ah. Porquinhos não conseguem acompanhar os grandes porcos. — Olhos para a frente, eu fundi-me na interestadual, a mandíbula em cãibras por segurar um sorriso apertado.

Era 1:00 da manhã, o tráfego escasso, mas não completamente fora do caminho. A grande Hayabusa vibrava agradavelmente na 6ª mudança, RPMs a 9.000 e subindo, perto dos 160 mph, com a visão a oscilar do vento a bater a larga carenagem do motor da moto. Foi uma tarefa difícil concentrarme no que estava à minha frente e não no que estava mesmo à minha frente. A manutenção da visão de velocidade é intrínseca a qualquer tipo de corrida. Um piloto no seu auge tem a capacidade cognitiva de lidar com ela muito mais tempo e com mais precisão do que uma pessoa que tenha ultrapassado os seus anos ideais de pensamento. Um jovem piloto experiente pode realmente empurrar o envelope, ficar na frente da competição, no limite, se tiver a autoconfiança e ousadia, a vontade, de ser superior a todos os outros a todo o custo. Aqueles que temem lesões chegam em último lugar.

Senti aquela emoção ousada a correr nas minhas veias agora e sabia que os anjos na minha frente deviam senti-lo ainda mais forte, estando elas em competição real no momento. A pressa pode ser extremamente cansativa. Os pilotos da Indy e da NASCAR perdem até três Kg. durante uma única corrida. No entanto, considerando o condicionamento físico de Blondie e Shocker, não achei que o cansaço fosse um problema... Mas o polícia estadual pelo qual acabamos de passar era uma questão diferente, uma questão potencialmente perigosa.

Soltando o acelerador, reduzi para 75 mph, o que pareceu 10 mph depois de ter ido a um balde de sessenta. Tecido na faixa direita entre um Peterbuilt e um sedan, permiti que o soldado me apanhasse e depois passasse por mim. Saltei de volta para a faixa esquerda, bati com um manípulo na minha pega que apagou as luzes, fazendo sombra ao farol e à matrícula para que o polícia não me visse a subir atrás dele nem anotasse a minha matrícula enquanto eu passava a correr.

Com a mão esquerda, desembainhei a minha navalha e abri a lâmina. Desci a marcha e acelerei para trás, depois ao lado do Crown Vic do soldado, a perna esquerda quase a tocar a porta do passageiro direito. Eu resmunguei, girei a lâmina para baixo, cortei o pneu traseiro, inclinei-me imediatamente para a direita para evitar que o carro caísse em cima de mim, o seu pneu desfiado, a borracha voava em todas as direções, salpicando os carros na pista direita, cujos motoristas me olharam chocados em descrença. Embainhei a minha lâmina, acenei para a plateia e acendi as luzes novamente, voltando ao acelerador, a luz minúscula do polícia desapareceu no meu espelho enquanto tentava alcançar as meninas.

O meu peito pressionou orgulhoso o tanque de combustível. Eu soltei uma risada pateta. Por que diabos eu parei de fazer isso? Eu sou tão bom nisso.

Eu bufei, engoli, balancei a minha cabeça.

Não consegui recuperar o atraso, quase um quilômetro atrás depois de neutralizar o polícia. Saí para Pass Christian, segui para o sul pela Highway 90 e estava na garagem em questão de minutos. Tinha seis andares, numa esquina de uma rua residencial que terminava na estrada. Um par de carvalhos se eriçando na mediana da frente, escuros e áridos nas laterais. Lote vazio por trás, separando-o de um condomínio de construção recente. O tráfego era surpreendentemente denso nas quatro faixas entre mim e a praia, lua parcialmente coberta por nuvens negras sobre o Golfo.

Comecei a virar-me para a entrada da garagem, mas travei rapidamente, pés a tocar no asfalto, sacudindo a cabeça para ver a Blondie e a Shocker a falar com um miúdo que usava uma espécie de cartaz sobre a sua cabeça, o quadrado de contraplacado pendurado do pescoço até ao topo dos sapatos. Ambas estavam um pouco com expressão de "Aw Pobre criança", inclinando-se para ouvir o rapaz a queixar-se de alguma coisa.

— Porra. Que drama foi esse agora? — Suspirei, irritado por a corrida eletrizante ter terminado e voltamos a ter sentimentos novamente.

Coloquei a moto no seu suporte, matei a ignição e embolsei as chaves. Tirei o meu capacete, enganchei-o no guiador, inalando profundamente o ar fresco do mar. Caminhei em direção às mulheres. Arredondei a esquina e parei curto. A estrutura montanhosa do Bobby ficou ao lado do físico do poste de luz do Ace, com as costas encostadas ao betão cinzento da parede do primeiro andar, observando a cena com diversão. Fiz um gesto, *Qual é o assunto?*

Bobby sorriu. — O pai daquele garoto o fez ficar parado na estrada a usar essa placa. As mulheres se ofenderam.

Eu não conseguia ver a placa daqui. — O que diz?

Ace franziu a testa e disse: — Eu minto, roubo e vendo drogas.

— Realmente? — Eu sorri, enfiei as mãos nos bolsos. —O meu tipo de criança.

Bobby balançou a cabeça para mim em deceção. — Esse garoto vai acabar na prisão. — Ele franziu o cenho com o pensamento. — O pai tem de ser um verdadeiro peru de engenho. Não se envergonha publicamente os seus filhos desta maneira. É culpa dos pais que o rapaz esteja a mentir e a infringir leis.

— Faz sentido. — Eu concordei, incapaz de oferecer qualquer insight. Eu nunca fui pai ou parente.

Eu olhei para o miúdo. Ele apontou para a parte de trás da garagem, de cabeça baixa em culpa, e as duas garotas olharam naquela direção com canecas furiosas. Aliviaram o cartaz à volta do pescoço dele, deixaram-no cair. Shocker pegou-lhe na mão e elas marcharam rapidamente à volta do edifício com propósito.

— Uh-oh. — Ace disse a sorrir. — Eu conheço esse olhar.

— Sim. — Eu combinei a sua alegria. — Alguém vai conseguir um ajuste de contas.

— Vamos lá. — Disse Bobby, os dentes brancos nas sombras. — O pai deve estar lá atrás. Nós o bloquearemos se ele tentar escapar.

Seguimos o gigante pelo outro lado da garagem, espreitamos a esquina e vimos um carro estacionado no terreno vazio, um Nissan Sentra bronzeado, um homem de meia-idade no banco do motorista. Viu as mulheres e o filho a persegui-lo, saiu, de pé, com as mãos na cintura, como se fosse afirmar algum tipo de autoridade sobre a situação. Tive de apertar uma mão sobre a boca para conter um grito de riso.

— Você é o Greg, o pai desse garoto? — Shocker exigiu, os três pararam bem na frente do homem, que fechou a porta, a luz interior se apagou.

— Sim. O que você está a fazer com Carl? — Ele respondeu num tom argumentativo. Ele tinha uns sessenta e dois anos, sessenta e seis anos, um homem de pizza e cerveja, com cabelos pretos e grossos, enrolados sobre as orelhas, brilhantes pelas luzes da rua que iluminavam o estacionamento.

A fúria de Blondie foi um espetáculo. Ela deu um passo mais perto de Greg e rosnou: — A questão é: O que você está a fazer com Carl? Seu monte de merda. Tem alguma ideia dos danos que está a causar ao seu filho? Ele vai ficar fodido com medicamentos psiquiátricos para o resto da vida por causa do seu rabo ignorante.

Tenho a certeza de que as revistas *Psychology Today* não

diziam exatamente isso, mas a versão dela foi muito mais eficaz para explicar o assunto, você não concorda?

Greg estufou o peito. — Agora, isso não é da sua conta, quem você...

Biff!

A bofetada de Blondie foi quase demasiado rápida para se ver. A cabeça grande de Greg balançou para o lado, ele cambaleou, e Shocker ousou entrar com uma sequência de direita, direita, direita para o seu estômago de pepperoni e queijo extra, roncava enquanto esta lhe batia fundo. Ela reiniciou, ele gritou, a voz cortada quando a sua respiração falhou, dobrando, disparou o braço para fora para agarrar o carro para se apoiar. Os joelhos a ranger dolorosamente no cascalho. Os olhos da criança saltaram de olhos abertos. Eu ri, Ace e Bobby fizeram o mesmo. As meninas e o Carl olharam para nós. Caminhámos até lá para nos juntarmos à festa.

Greg, tentava se equilibrar enquanto se ajoelhava, tossiu dolorosamente, enfrentava um lenço de ouro na luz. Ambas as raparigas se colocaram em cima dele com os punhos cerrados, obviamente queriam fazer-lhe algo pior. Porque estavam demasiado envolvidas emocionalmente, decidi acrescentar uma cabeça clara à situação. O tipo tinha sido disciplinado, embora não tivesse aprendido a lição. Ele precisava de saber que aconteceria algo pior se voltasse a fazer algo assim. Além disso, esta foi uma grande oportunidade para marcar alguns pontos com a minha menina, para que ela visse que eu tenho coração quando se trata de crianças.

Fui até Greg, coloquei um pé nas suas costas e o empurrei de bruços no chão. Ele amaldiçoou um suspiro. Inclinei-me e tirei a carteira do bolso de trás. Abri. Removi a carteira de motorista. Tirei o BlackBerry das minhas calças.

Tirei uma foto da sua identidade, reinseri-a na carteira e a lancei no chão. Fiz um gesto para Bobby e ele alegremente pegou Greg como se não pesasse nada. Eu fiquei bem na cara do idiota.

— Escute, amigo. Você tem sorte que essas senhoras não fiquem como a Colombiana na sua bunda. Se o seu filho se beneficiar de ver você a ser espancado até a morte. — Eu sorri maliciosamente. — Simplesmente não seria o seu dia. Você pode agradecer ao Odds que não há literatura pró-patruicídio por aí.

Blondie suspirou atrás de mim e pensei: *Ok, talvez eu pudesse ter dito isso de maneira diferente.*

— No entanto, não perdoo. Se eu tiver que fazer um ajuste, você terá muito mais do que um tapa e um soco no estômago. — Eu fingi um soco no seu rosto. Ele se encolheu e começou a tremer. — Eu tenho as suas informações de identificação e planejo ficar de olho em você e Carl. — Virei-me para o garoto, eu disse: — Quantos anos você tem?

— Doze. — Ele murmurou com a cabeça baixa.

— Olhe para mim. — Ele olhou para cima, olhos castanhos arregalados sob uma mecha de cabelo loiro sujo. Nariz e queixo fortes, sardas nas bochechas e olho roxo, o verdadeiro motivo pelo qual as meninas estavam tão furiosas. Eu planejei dar uma palestra para ele sobre vender drogas mais tarde, e os ABCs de roubar. Mas tinha algo em mente por enquanto. — Você quer um emprego?

Ele olhou para o pai. De volta para mim. — Penso que sim.

— Estás a ver essa garagem? — Ele assentiu. — Eu sou o dono. Preciso de alguém para limpá-la duas vezes por semana. Você estará varrendo oito horas por dia às segundas e sextas-feiras por duzentos dólares.

— E quando você começar a escola novamente, elaboraremos uma programação diferente, querido. — Disse Blondie, acariciando os seus cabelos.

Eu sorri para ela, ele vai para a escola? Carl respirou fundo, lambeu os lábios. Eu disse a ele: — Venha me ver aqui no último andar, na próxima segunda-feira às sete horas. Está bem? — Ele assentiu que sim, olhos arregalados novamente. Eu me virei para Greg. — Tudo bem com você, pai.

— Eu...

— Cale-se. — Eu dei uma palmada nele. — Eu não estava a perguntar a você. — Fiquei ali, incerto, por um momento, a pensar depressa. Olhei para a Blondie, quem me deu E???? olha, como se eu estivesse a deixar algo de fora. Só conseguia pensar em algo que via na televisão sobre as crianças ficarem acordadas até muito tarde. Já passava da hora de dormir deste tipo, certo? Eu disse: — Por que Carl não está na cama? São quase duas da manhã.

— É complicado. — Greg murmurou, fez uma careta, massageando a sua bochecha.

— Não, tentar mijar com a madeira da manhã é complicado. Fazer com que o seu filho tenha uma boa noite de sono é simples. — Olhei para Blondie que me deu um bom aceno de aprovação. Vou contar isso como ela me deve uma, pensei, concentrando-me no imbecil novamente. Eu balancei a cabeça para Bobby. Ele soltou Greg, cruzou os braços.

Olhei para o carro, prestes a ir embora, vejo uma lata de tinta spray no banco de trás. Preto brilhante que tinha sido usada para fazer o sinal de vergonha. Eu sorri maliciosamente. Abri a porta, agarrei-a.

Ao caminharmos de volta para a entrada da garagem, os buzinas soavam repetidamente a partir dos motoristas que passavam pelo homem de pé na mediana com um cartaz pendurado no pescoço. **ENVERGONHO O MEU FILHO EM PÚBLICO - BUZINA SE EU FOR UMA CABRA** foi pintado de preto fresco e brilhante no novo letreiro de vergonha. O Greg ficou ali, com o cabelo a soprar à volta do seu rosto envergonhado e humilhado. Carl, sentado num ramo alto de um carvalho, olhou para o seu pai com um sorriso de satisfação. — Bem, eu diria que o nosso primeiro trabalho como equipa foi um sucesso. — Disse Ace, convencido. A sua caminhada magra me lembrou um louva-a-deus.

Eu montei na Suzuki. — Essa foi a quarta coisa mais interessante a me despertar hoje à noite.

— Quarta? — Blondie perguntou. Toda a gente parou para ouvir. Shocker olhou para a minha virilha para, presumivelmente, ver como eu estava a ser literal.

— Sim. — Contei os meus dedos. — Primeiro, um atirador de metanfetamina tentou me roubar antes de te conhecer na casa de Eddy. — Eu olhei para Shocker. — Eu verifiquei ele. — Eu disse a ela, peguei um gancho, o mesmo movimento que ela usou para desarmar Blondie. Eu me virei para a minha garota. — Então tive o prazer de lutar contra a garota-besta.

— Ei! — Shocker fumegou. — Garota-fera?!

Eu dei a ela o meu sorriso número um do Sr. Bom Homem, ergui um terceiro dígito, que por acaso era o meu dedo do meio. Os lábios dela franziram, os olhos se estreitaram. — Terceiro, tive que cortar o pneu de um policial, porque vocês duas malucas só precisavam ver quem ostentava o melhor conjunto de peitos atrás do volante.

Ela e Blondie se entreolharam, para o céu, o chão, Shocker levemente envergonhada, Blondie sorrindo. Acho que a minha garota venceu aquela rodada. Blondie: 1. Shocker: 1.

Quatro dedos. — Então eu tive que dar um tapa num pai caloteiro e oferecer um emprego a um traficante juvenil. — Inspirei profundamente. Suspirei. — Obrigado por uma noite altamente estimulante, senhoras e senhores.

— Ainda não acabou, Babe. — Blondie me mostrou o seu telefone: Uma mensagem de Big Guns. — Ele estará aqui dentro de cinco minutos.

— Maravilhoso.

Todos entraram nos seus respetivos veículos. Subimos as rampas, luzes fluorescentes brilhantes em cada piso, o cromo das nossas máquinas a brilhar nos carros a encher os primeiros três níveis, escape ensurdecedor no espaço confinado. Os dois níveis seguintes eram escassos de carros, as secções reservadas ao estacionamento de longa duração. Parando na parte inferior da rampa do nível superior, carreguei num botão do meu telefone. Havia um peso pesado do interior profundo das paredes de betão, parafusos de aço forjado a retrair-se. A porta do tipo abóbada à nossa frente abriu-se de forma ciclável numa enorme via da esquerda para a direita. Outro pedaço quando parou, aberto. A luz da lua e as estrelas saudaram-nos enquanto subíamos e saímos para o telhado.

O último andar não era para estacionar, era o nosso parque infantil. Mantivemos aqui vários brinquedos e mantivemos três postos de trabalho que usávamos para construir tudo, desde gabaritos de soldadura a robótica sofisticada. Dois barracões de aço, cada um com 25 metros quadrados, ficavam de cada lado de uma área de piquenique com cobertura, holofotes iluminando duas longas mesas com bancos e uma grelha a gás, todas em aço inoxidável brilhante. Atrás, uma torre de 15 pés, um pequeno observatório com um telescópio de alta potência e equipamento infravermelho e ultravioleta. Chamávamos-lhe a nossa "Trippin' Tower".

Já viu estrelas cadentes com ácido? Coloque "LSD e telescópio" na sua lista de Coisas a Fazer Antes de Morrer.

Em frente a um galpão havia uma pista com luzes-guia laranja ancoradas no concreto. Para o meu zangão. O outro barracão tinha ferramentas de várias especificações, um verdadeiro laboratório sobre o qual qualquer artesão salivaria. Era a Estação #1. As mesas debaixo do dossel eram as Estações #2 e #3. Quase todos os projetos tinham componentes, ferramentas e cabos espalhados por todas as estações, numa linha de montagem. Mas tudo estava limpo e guardado, por agora.

Estacionámos junto aos barracões. Saímos, portas a fecharem-se, o seu coiso normal engolido pela liberdade do ar livre, uma noite de brisa negra. Shocker e os seus homens olharam à sua volta, espantados. Ela disse: — Puta merda. O que vocês fazem aqui em cima?

— Ficar pedrado, na sua maioria. — Respondi. Ela fez uma careta. Blondie riu, enquanto caminhava em direção às mesas. Eu acrescentei: — Também concebemos as engenhocas que, por acaso, são engendradas pelos nossos cérebros enriquecidos com drogas.

— Uh-huh. Eu adivinhei. Eddy mencionou que você foi ensinado por Pete Eagleclaw. Eu sempre admirei os seus desenhos de moto.

— Você construiu carros, certo?

— Mmm-hmm. Tive a minha própria loja por um tempo. Sinceramente não sinto falta. Mas sinto falta de fazer tatuagens. — Ela suspirou.

Eu olhei para o ombro direito dela. Uma vela de ignição da marca Champion foi tatuada lá, cores e sombras realistas, raios de azul e branco saíam do eletrodo da vela. Nenhuma outra arte de pele poderia encaixá-la melhor. — Eu vi trabalhos do seu salão, Tattoologia. De classe mundial.

— Boss, certo? — Ela sorriu e eu devolvi. Outro suspiro. — Isso está tudo no passado. Tem tudo a ver com as crianças e garantir que não deixamos pistas para os federais desde a nossa fuga.

— Não há trilhas, hmm. — Eu disse a pensar no trem de policias que estava apenas a perseguindo. — Onde você mora agora?

Ela não respondeu, olhando em volta. Apontou para quatro placas de aço quadradas de um pé que estavam embutidas no concreto. — Isso é um elevador de carro?

Eu assenti, deixando-a me desviar. — Cilindros hidráulicos.

— Fixe. — Disse Bobby sorrindo. — Você poderia fazer muito aqui em cima.

— Essa antena fractal parece útil. — Observou Ace, apontando para um pequeno aparelho que se projetava do topo do observatório, um fio-aço, transmissor-recetor multiuso que parecia uma grande teia de aranha. — Você pode intercetar qualquer frequência com essa coisa. Satélites, telefones moveis, canais de polícia. Fixe. — Ele sorriu de uma maneira que indicava que ele tinha um pouco de criminoso nele. Foi então que decidi gostar do bastardo nerd.

— Handy é o que estávamos a filmar. — Eu disse para ele. Vento frio soprou cabelo nos meus olhos. Eu alisei sobre a minha cabeça. Peguei no meu BlackBerry e bati no aplicativo da garagem, digitei um comando rápido. Um dos galpões à nossa direita tocou, a porta rolante começou a se abrir, luzes internas iluminando um pequeno avião. Fui até lá, lambendo os meus lábios. Você sabe o que se sente quando se mostra algo realmente fixe para os seus amigos?

Imagine ter construído você mesmo esse, algo e, por mais fixe que fosse, era nitrogênio líquido.

— Isso é um zangão. — Ace exclamou, os olhos brilhando de fascinação.

As sobrancelhas de Shocker não podiam subir mais. — Voa?

Eu fingi-me ofendido. — Os tomates têm um cheiro estranho? É claro que voa.

Blondie deu uma palmadinha no meu braço. Eu me virei e ela me mostrou alguns comprimidos na palma da mão. Dois 10 mg de Valium. Ela colocou na minha boca. *Tudo o que ela precisa é de roupa de enfermeira.* Ela me deu um gole da sua garrafa de água e disse: — Calmante, Babe. Você precisará se acalmar se planeja levá-la. Você se lembra do que aconteceu da última vez...

Eu a beijei para cortá-la.

Ela riu. Acariciou a minha bochecha. — Eu vou ter com o Big G enquanto tu tratas aqui em cima.

O seu traseiro perfeito atraiu a minha mão como um poderoso íman que se agarra a uma liga de alta qualidade. A batida afetuosa fez com que ela gritasse. Ela girava no dedo do pé, atirando um gancho que eu abaixei. Ela deu uma corcunda, brilhou e sacudiu o punho, depois foi até à entrada da rampa para conhecer o nosso associado.

— Então, o que aconteceu da última vez? — Bobby me perguntou, os braços cruzados sobre o tanque rosa do fisiculturista, sorrindo imensamente.

Eu resmunguei: — Uma velha abateu-a com um medidor de doze. Eu estava a filmar o campo de maconha do marido.

— Ha!

O distinto brrraattt de um motor Honda V-Tec podia ser ouvido a subir a rampa da garagem, pneus cantando fracamente. Um momento depois, o Prelude verde-limão das Big Guns passou pela entrada como uma espaçonave alienígena vigiando cuidadosamente o terreno terrestre. O kit de corpo largo, mal limpando o chão, parecia que poderia começar a piscar e olhar em volta com algum tipo de olho a laser. Rodas super turismo pretas e pneus de baixo perfil enchiam completamente os poços das rodas. Ele estacionou ao lado do Ford de Blondie, um enorme cano de escapamento cromado zumbindo, ficando quieto quando ele matou a ignição e saiu. Blondie o abraçou. Eles se viraram na minha direção.

Big Guns não era alto para um vietnamita. Mas ele era certamente um dos asiáticos mais musculosos que eu já vi. Tinha cerca de um e noventa, ele parecia muito mais pesado do que realmente era. Cabelos pretos como jato de barba raspados nas laterais, curtos e espetados em cima. Olhos encapuzados sobre um nariz largo, lábios grossos. Pele marrom-dourada exibindo um dragão colorido que envolvia todo o seu braço direito, armas e garotas tatuadas em seu gangster asiático esquerdo e vintage. Calças de ganga com aba prateada frouxa com um cinto preto largo. Botas Lugz. Camiseta cinza lisa que mostrava o seu estômago liso e músculos vasculares robustos. Seu rosto sério se dividiu num sorriso largo quando me viu, dentes de prata cintilando na luz da lua. — Razor! Seu desgraçado!

— Prazer em vê-lo, homenzinho amarelo. — Apertamos as mãos, nos abraçamos. Recuou. — Você está a ficar mais baixo?

— Não. Você está a ficar mais magro. — Ele flexionou uma de suas armas, bíceps pulando como uma bola de beisebol com veias. Cruzou os braços e acenou para os outros convidados. — Você me cercou. Quem são os quadrados?

Dei a Shocker um olhar significativo. Cabia a ela apresentar a sua equipe. Ela levantou uma sobrancelha em questão. Eu balancei a cabeça afirmativamente. As armas grandes podiam ser confiáveis, sendo ele próprio às vezes fugitivo, sabia o significado da discrição e certamente não faria nada estúpido como entregá-los em troca de dinheiro.

Shocker parecia estar rangendo os dentes, hesitante. Finalmente, ela disse: — Estou chocada. Estes são Ace e Bobby. — Os seus homens levantaram a cabeça em cumprimento.

Big Guns não tinha ideia de quem eles eram. A sua boca brilhou prateada neles. — Big G. Vocês devem ser importantes se Razor e Blondie deixarem vocês entrarem em seu covil.

Shocker franziu a testa em resposta. Os homens dela analisaram a declaração.

Eles eram importantes? O meu subconsciente perguntou.

Estranho como eu nem hesitei em trazê-los para cá.

Preâmbulo suficiente. — Vamos ao que interessa. — Eu disse, apontando para que todos me seguissem até ao galpão de drones.

O avião tinha um exterior preto fosco, fuselagem de alumínio e fibra de carbono. A extensão da asa era de dezoito pés. Parecia um Mitsubishi Zero em miniatura, os caças japoneses da Segunda Guerra Mundial. A câmera de alta potência acoplada ao ventre indicava seu objetivo principal: espionagem. Atrás da hélice, de cada lado, havia tampas de motor que abrigavam um rotativo de 125 hp. Um motor Wankel. Aerografados num dos dois demônios com asas de libélula, cinza escuro, fantasmagóricos sobre a base preta. As entidades malignas pareciam se contorcer, excitadas no ar, em êxtase, ranger de dentes e garras rasgando a missão sombria para a qual voavam.

Shocker admirou a obra de arte e disse: — Qual o nome dela?

— Demonfly. — Eu respondi, andando pela minha criação favorita atual para uma grande mesa de aço. Sentado na cadeira atrás dela. Blondie levou-os ao sofá ao lado da mesa, aproximou-se e sentou no meu colo, a cadeira fazendo um protesto. Bobby, Ace e Big Guns se sentaram no sofá, couro cor de vinho, sem travesseiros.

Estreitando os olhos para mim, Blondie, depois para o sofá, Shocker disse: — Acho que vou ficar de pé.

Sim. Nós fizemos muita coisa esquisita naquele sofá, o meu sorriso e encolher de ombros disse a ela. Eu olhei para o meu amigo Vietnamita. — Precisamos nos encontrar com Trung.

Os seus olhos encapuzados se transformaram em meras fendas enquanto ele ponderava sobre o meu pedido. Com uma voz firme e decisiva, ele disse: — Eu posso convencê-lo. Talvez Blondie. Ninguém mais. A segurança está apertada nos dias de hoje. Os olhos dele se apertaram. — E você o chamará de Anh Long.

O "mais ninguém" no galpão parecia infeliz com isso. Eu disse a Shocker: — Vou conversar com Anh Long e ver qual é a posição da Família Dragão no nosso objetivo.

— Anh Long?

Big Guns virou-se para ela. — Esse é um título formal para o chefe da Família Dragão. Anh significa Irmão Mais Velho. Long é dragão. Trung é o chefe do DF.

— Ah!

— Obrigado. — Disse ao especialista Vietnamita. Ele se curvou com solenidade simulada, fazendo as meninas rirem. Eu olhei em volta para todos, ficando sério. — Precisamos do apoio de Anh Long, se esperamos ter sucesso nisso. Se inici- armos uma operação no seu território sem permissão, teremos sua inimizade, assim como a da Tiger Society.

— Nada bom. — Observou Bobby.

— Certo. Os OGs normalmente não trabalham com pessoas de fora, especialmente nos negócios entre as famí- lias. Mas, considerando o que está em jogo, e todas as pessoas que podem ser afetadas se o inimigo assumir, eu acho que Anh Long terá a mente aberta.

— Vamos torcer para que sim. Eu odiaria bater de frente com ele também. — Disse Shocker numa voz mortalmente calma. A sua expressão dizia a todos que ela planejava tirar o lixo, independentemente de quem ajudou ou se meteu no seu caminho. Ace e Bobby olharam dela para nós, combi- nando a sua determinação. Big Guns a olhou com cautela, o seu físico rasgado e ousadia rompendo o seu comportamento inexpressivo.

Uma mulher segundo o meu coração, eu sorri para ela. — Eu acredito que você e eu seremos amigos. — Ela parecia cética. Blondie tensa no meu colo. Tentei acariciar a sua perna e evitei arrancar um pedaço de pele da minha mão.

— Vocês vão precisar de suporte técnico. — Ace entrou na conversa, dedos digitando no ar. — Eu posso tratar disso.

Blondie olhou para ele com curiosidade. — Você tem equipamento? — Ela perguntou, significando uma configu- ração de computador capaz de mais do que apenas atualizar o Facebook ou baixar pornô.

Ele deu um sorriso secreto. — Oh sim. Eu tenho um Wrecker.

Eu não tinha certeza do que isso significava, mas agradou a minha garota. Ela se virou. Disse para mim: — Eu acredito que ele e eu seremos amigos.

Estendi a mão e dei a um de seus mamilos uma torção

rápida entre os meus dedos, rápido demais para alguém perceber. Apreciando a sua inalação repentina, falei com a nossa equipa. — É tarde. Que tal nos encontrarmos aqui ao meio-dia? Ace e Blondie podem colaborar no lado técnico do trabalho, enquanto o restante de nós elabora uma estratégia de guerra.

— Parece bem. — Shocker bocejou. Todos concordaram, de pé.

Enquanto o exaustor estridente do El Camino e do Prelude desaparecia nos níveis da garagem, peguei a minha garota, levei-a para o sofá, joguei-a no chão e puxei a minha camisa. Soltou meu cinto. — Não há sono para os ímpios. — Eu rosnei baixo.

Ela riu, abrindo o meu fecho.

Meu Johnson girou em expectativa feliz.

V. O NOSSO NOVO RECRUTA

— Oh, eu estou tão molhada! Me dê agora, filho da puta! — Blondie gritou, braços perversos e ágeis me alcançando com ansiedade. Boca aberta em raiva provocada.

Eu a cutuquei. — Querida, se você mantiver essa atitude, eu não vou lhe dar o guarda-chuva.

A chuva jorrou de um céu cinzento de verão, escurecendo o concreto do estacionamento e dos passeios, acinzentando a areia da praia onde caminhamos. Tínhamos terminado a nossa corrida matinal, mas cancelamos o nosso treino habitual com os sacos de areia pesados e luvas de boxe para nos prepararmos para a reunião da equipa. Blondie tinha arrumado o cabelo, maquiagem e vestido uma blusa preta e uma saia de camuflagem. A roupa exibia uma deliciosa meia-calça, as suas pernas compridas e em forma, as suas pernas cónicas sensuais, as suas botas pretas, pontiagudas e salto alto a baterem molhados na auto-estrada enquanto atravessávamos à pressa. Entreguei-lhe o guarda-chuva, poupando o seu cabelo e rosto de trinta minutos, permitindo que ela corresse à frente para que eu pudesse admirar a vista.

Nós estávamos estupefatos. — Fixe! — Eu respirei. — A Scion pagaria bem para ter isso nos seus comerciais.

— Visor de cristal líquido. Num carro... — Disse a minha garota, impressionada além da crença.

A fina tela de vídeo que cobria o para-brisas rolou numa fenda no teto. Ace saiu do lado do motorista e fechou-o. Caminhou ao lado da sua garota, com um sorriso largo no rosto angular. As suas pontas loiras pareciam mais nítidas.

— Tirei uma foto do seu rosto. — Disse o nerd, convencido e satisfeito.

Fomos até ao carro, ignorando-os por um momento, olhando atentamente para a obra-prima à nossa frente. Ace era um cientista de materiais. Os polímeros eletrótipos que ele criou para a manga de compressão de Shocker eram impressionantes, mas isso era absolutamente alucinante.

Blondie disse: — Você tem câmaras na parte de trás do carro?

Ace assentiu. — Integrado nas luzes traseiras e nas etiquetas, no material rodante e nas maçanetas das portas. É claro que a pintura não é tinta de verdade. Posso selecionar dezenas de cores ou desenhos de arte gráfica no menu do programa. Os seus pixels, em monitores LCD moldados. Os painéis da carroceria são fabricados com um material de nanotubo de plástico e carbono claro e muito durável, altamente polido para parecer uma pelagem clara. Os LCDs estão atrás dos painéis, perfeitamente contornados para formar as linhas do carro. O exterior é essencialmente uma TV gigante. — Ele apontou para a traseira do carro. — As câmaras capturam o que está atrás, em baixo e ao lado do carro. Um processador modificado com um algoritmo simples controla a imagem. As câmaras também rastreiam o movimento e as projeções na frente, nos lados, e o teto será ajustado em relação à direção da pessoa ou outro veículo do qual o programa está a tentar se esconder. A traseira do carro é completamente visível, por isso tenho que garantir que a frente do carro esteja voltada para quem eu estou evitando. Sombras ajudam, como você pode ver. O carro é visível sob luz forte.

— Eu adorei isso. — declarei. Blondie murmurou em consentimento.

Ele encolheu os ombros, as mãos profundamente em sua calça cinza cargo. — A tecnologia existe há anos. Só não nos carros. Provavelmente é ilegal.

Shocker inspirou orgulhosamente, cortou os olhos carinhosamente para o homem. Ela nos disse: — Ele não pode dirigir rápido, então não há como ele fugir da polícia. Tivemos que inventar outra coisa, uma maneira de ele se esconder deles se for perseguido.

— Eu diria que você acertou a mosca. — Respondi. Corri os meus dedos sobre o para-choques. A "tinta" parecia ter uma camada clara e muito grossa, o que a tornava muito brilhante, mas você nunca imaginaria que era uma tela digital sob um meta-material. — Eu adoro dispositivos anti autoridade. — Eu disse com emoção.

— Que outros materiais você desenvolveu? — Blondie interrogou o nerd, aproximando-se dele. O seu peito magro inflou a camisa azul da Apple Computers, o rosto e os braços ficando animados quando começaram a conversar em nanotecnologia.

Fiz um sinal para Shocker andar comigo. O nosso esquadrão subiu as rampas, a chuva abafada e alta quando abrimos a porta para o sexto andar. Corremos para a área de cobertura entre os galpões, através dela para a cabide de drones, suspiros coletivos bufando quando saímos da chuva novamente. Deixei a porta aberta, o som e o cheiro refrescando, a brisa fresca. Blondie e Ace sentaram no sofá, ainda conversando. Dei a Shocker a cadeira atrás da mesa e me levantei. — Onde está o Bobby? — Eu perguntei.

— Ele tem esposa e filhos, além de um negócio de pintura e corpo para administrar. — respondeu Shocker. O seu cabelo castanho estava num rabo de cavalo apertado, olhos castanhos brilhantes sobre um nariz de porquinho-mas-bonito. Ela usava um fato de treino preto com "Adidas" bordado em linha rosa nas mangas e pernas. Ela cruzou os braços, recostou-se. — Ele estará lá quando precisarmos dele.

Eu assenti pensativamente. — Big Guns nos encontrará na casa de Anh Long em breve. Você já pensou em como quer fazer esse trabalho?

Ela franziu a testa, levantou o punho. — Eu só conheço uma maneira de tratar dos negócios com bandidos. Fogo com fogo. Estupidez com estupidez.

Os meus caninos se alongaram. Eu dei um sorriso adequado para a capa de Savage. — Equipa. — Eu segurei o meu punho, ela bateu nele.

Ela pensa como você, observou o meu subconsciente, surpresa, mas não descontente.

Um sentimento familiar me atingiu. Numa outra vida, essa garota poderia ter sido minha irmã. Ou, mais apropriadamente, você poderia ter sido o irmão dela, corrigi o meu subconsciente, lembrando-me de seu status.

Tentei não fazer uma careta e disse: — Precisamos dar o exemplo para o Two-Eleven e o OBG, e garantir que eles saibam por que estão a ser atacados e o que podem fazer para impedir que isso aconteça.

— OBG? — Ace disse.

— Gângsteres Orientais do Bebê. Quando completam dezoito anos, chamam a si mesmos de gângsteres orientais. Temos que fazê-los...

— Parar de ser idiotas tão gananciosos. — Disse Blondie, apertando o rosto.

— E fodendo as nossas cidades. — Ace acrescentou, olhando para Shocker, Blondie.

Todos riram. — Você não precisa ser vulgar para fazer parte da equipa. — Eu lhe disse. Ele não tinha nada que tentar amaldiçoar. Parecia um coxo, embora eu tenha decidido guardar isso para mim, para interesse da moral da equipa.

Blondie tinha uma mão na boca. Shocker sorriu para Ace, para nós. Ela elaborou: — Ele apanhou alguns maus hábitos na prisão. — Ela colocou a mão no peito e exagerou: — Juro que ele não apanhou isso de mim.

Ace parecia defensivo. — Eu posso amaldiçoar melhor do que isso. — Ele murmurou. Nós caímos na gargalhada. Blondie agarrou o meu ombro e deu uma palmada na sua coxa. Meu abdômen apertou. — Bem, eu posso! — Ele gritou.

Mais risadas.

— Circuitos queimados. — Ele resmungou, mal-humorado.

* * *

— Eu me machuquei hoje / para ver se ainda sinto / me concentro na dor / a única coisa real — cantava Seven Dust no sistema estéreo do Scion. Blondie e eu sentamos no banco de trás, a sua perna quente tocando a minha no pequeno espaço. Fiquei olhando para o padrão de camuflagem da sua saia. Era uma tarefa real não descobrir o padrão da sua calcinha por baixo. Ela não contava, a megera, preferindo que eu encontrasse alguns meios desonestos de fazê-lo, enquanto ela rebateu as minhas tentativas com golpes atrevidos ou com bolhas. Foi divertido e engraçado para ela. Eu, por outro lado, levei isso muito a sério.

Eu só tinha que saber.

Droga!

Ace virou numa curva bruscamente, me dando um motivo para me inclinar. Deitei me no colo de Blondie, estendendo a mão e fiquei com a cabeça no ouvido.

— Ow! Tudo bem. — Sentei-me e esfreguei a minha cabeça.

Ela sorriu e sacudiu pó imaginário da saia. Franziu os lábios rigidamente.

A chuva cedeu a uma garoa leve, o céu começando a clarear. O FR-S lidou com as estradas escorregadias com repouso perfeito, interior com isolamento de som e cheiro forte de carro novo, MP3 tocando uma variedade de músicas de rock que todos nós apreciamos. Nós viramos num grande bairro de casas pequenas, carros importados em todos os estacionamentos, metade deles personalizados, indicativos de uma comunidade asiática principalmente jovem. Viramos à direita, novamente à direita e avistamos o Prelude de Big Guns estacionado na rua com outros oito carros em frente a uma casa de tijolos que parecia estar a abrigar uma festa.

A porta da frente estava aberta, duas gatas de olhos amendoados se agrupavam ao lado dela, rindo, três jovens seduzindo-as em voz alta em vietnamita, de uma varanda de madeira à direita, com crepe de murta verde e rosa na frente deles. Os rapazes nos viram, levantaram-se abruptamente e acenaram para as meninas entrarem. Elas o fizeram sem questionar, fecharam a porta rapidamente.

Enquanto Ace e Shocker saíam e seguravam os assentos para que pudéssemos sair, Blondie pisou em algo plástico, o calcanhar estalando o item invisível na minúscula tábua escura do chão. — Merda! Sinto muito. — Disse ela, saindo do carro, recostando-se para inspecionar os danos.

Ace tentou pular na frente dela. — Não se preocupe com isso. — Disse ele tarde demais.

Blondie ficou de pé, segurando uma caixa de DVDs, sorrindo lindamente. Ela leu os títulos em voz alta. — A arte das posições sexuais. A arte do sexo oral. E a arte dos orgasmos. — Ela se virou para o amigo, deu uma palmada no ombro dele e gritou: — Seu cão sujo! — Ela os colocou de volta no carro.

O rosto de Ace ficou um tom mais escuro após cada título. Ele olhou por cima do telhado para a sua garota. — Eu, uh... Nós... Você... — Ele gaguejou.

Eu ri da expressão de Shocker. Ela não tinha conhecimento dos DVDs. Eu levantei a minha cabeça para o nerd. — Eu posso te ensinar algumas coisas que não colocam em DVD. Cinquenta tons de Razor. — Agora era a vez de Blondie corar. Eu indiquei os três soldados Vietnamitas armados caminhando na nossa direção. — Expressão de jogo agora, epressão de sexo depois. O que diz?

Eles assentiram rapidamente. Feche as portas.

Os homens usavam jeans folgados e camisas sociais. Longos colares de ouro e prata, botas e sapatos de skate. Um tinha franja vermelha brilhante emoldurando o seu rosto esculpido. Todos tinha a expressão de *Quem diabos é você?*

Combinei com o comportamento deles, me coloquei na frente da minha equipa e exigi: — Onde estão as armas grandes?

— Quem quer saber? — Red Bangs disse, inglês com forte sotaque.

Eu olhei para cada um deles nos olhos. — Razor.

A expressão deles mudou instantaneamente. Olhos arregalados, bocas soltas, mãos à procura de cabelos ou roupas para alisar. Blondie procurou com satisfação. Red Bangs virou para a esquerda, comandando o mais jovem do trio, "Kiem thang xuon bu", a encontrar Big Guns.

Ele se apressou, botas esmagando a relva molhada. Red Bangs e seu parceiro não tiveram conversa fiada, optando por inspecionar o carro de Ace enquanto lançavam olhares para as meninas. Os jovens vietnamitas eram sérios em relação à importação de carros, e o FR-S era uma ameaça para os seus Hondas e Acuras em estilo e desempenho. Scion, uma subsidiária da Toyota, só foi parcialmente aceita por esses homens. Tolerado. Eles olharam para a máquina com uma mistura de ceticismo e admiração.

Eles realmente pegariam suas calcinhas automáticas se a vissem desaparecer, pensei.

A minha equipa também ficou quieta, ouvindo os sons da festa vindos do quintal. Havia algum tipo de competição em jogo, talvez um torneio de apostas, gritos, zombarias e risadas, expressadas eloquentemente em sua língua estrangeira. A curiosidade começou a me comer, e eu mal podia esperar pelo meu amigo musculoso para gozar aqui, para que pudéssemos participar da ação.

O Big Guns e o mensageiro apareceram pela porta da frente. O meu amigo sorriu-nos com um sorriso de prata, virou-se e ladrou uma ordem ao mensageiro, que se apressou para outra tarefa. O gangster Vietnamita fez-nos uma moção para que entrássemos, a olhar para o Red Bangs e para o seu parceiro. Ambos largaram os olhos na presença do seu superior, apressadamente revistaram-nos quatro convidados à procura de armas, tapando-nos os braços, as cinturas, os tornozelos. Depois voltaram a sentar-se no baloiço do alpendre, de volta ao serviço de guarda.

Ace fechou a porta atrás de nós suavemente. Música pop tocava numa TV, sala amarela com detalhes em branco, decorados com bom gosto com o melhor da Ikea. Seguimos Big Guns até a sala de jantar. Ele se virou e apontou para Shocker, Ace, na sala de estar. — Vocês dois têm que ficar aqui. — Ele disse se desculpando.

Eles fizeram expressões descontentes, mas obedeceram, sentados um ao lado do outro num sofá azul, rejeitando um evento VIP.

Pela porta de correr de vidro da cozinha havia um pátio com móveis de plástico branco, uma mesa de guarda-chuva com seis homens vietnamitas mais velhos, dois com mulheres jovens no colo, pilhas de dinheiro e tábuas de escrever na frente deles. Eles estavam aplaudindo, rindo, cabeças viradas para a esquerda, gesticulando loucamente enquanto as meninas riam e se contorciam em calções apertados. Eles se aquietaram quando saímos, fechamos a porta de vidro. Olhos encapuzados nos encaravam. Nós os ignoramos, olhando para a fonte do tumulto: um anel circular de madeira compensada de três pés de altura, doze pés de diâmetro, cercado por asiáticos gritando repetidamente de todas as idades, principalmente homens, algumas avós. De olho no galo brigando em andamento, eles não perceberam a nossa abordagem.

Uma cerca de madeira abrangia o quintal de um quarto de hectare, com arbustos altos e grossos alinhados para proporcionar mais privacidade. Uma pequena estátua de pedra de Buda, barrigudo e sorrindo para o céu, lançou os seus encantos do centro de um banho de pássaros no meio do relvado, várias crianças pequenas brincavam debaixo dela com carros de brinquedo. Big Guns fez um gesto para que ficássemos na cerca até a luta terminar.

Não tivemos que esperar muito tempo. Os descendentes de dinossauros sacudiram alto, furiosamente, um deles tremendo de dor, o outro em triunfo, e metade dos homens ao redor do anel gemeu pela perda. — Cac! — Vários cuspiram, uma palavra com um som muito divertido que se traduziu em "merda" ou "foda-se". Um vencedor, com trinta e poucos anos de calça cáqui e pesadas correntes de ouro, acenou com um maço de dinheiro na cara do amigo. — Du ma! Du ma!   Ele disse a eles "Foda-se a sua mãe" ou "Merda, é isso aí", dependendo do contexto. Eu ri, sentindo a energia deles. Adoro alto risco de apostas e sabia como era vencer o Odds e ser arrastado por eles.

Um homem mais velho que todos os outros no ringue reparou em nós e olhou por um momento, com os olhos cortados. Ele sorriu de repente. Fendeu duas mulheres que clamaram ao seu lado, uma segurando os seus ganhos, e caminhou até nós. Trung tinha cerca de setenta anos, embora fosse difícil dizer. Ele tinha um daqueles rostos asiáticos sem expressão que nunca acumularam rugas. O único sinal da sua idade era do sol sob o qual ele escravizava nos barcos de camarão antes de subir ao topo da Família Dragão. Usava um abotoado de manga curta axadrezada, calças de couro da marinha e sandálias de couro escuro. Cabelo cinzento, penteado para o lado. O seu sorriso era amarelado por décadas de café, mas simpático e poderoso. O homem não parecia extravagante, mas mesmo assim conseguiu transmitir BOSS de alguma forma. Já tive o prazer de o conhecer duas vezes, e também fiquei impressionado com o tempo.

Ele parou a vários metros de nós. Assentiu com o subordinado. "Em Hung", jovem protegido, ele cumprimentou Big Guns formalmente, a voz calorosa, mas imponente. Ele olhou para mim, Blondie, olhos quase pretos. Ele falava inglês perfeito, como um jornalista. — Razor, o que traz você e essa adorável guerreira de ouro à casa da minha família?

Blondie sorriu com seu charme. Inclinei a minha cabeça

respeitosamente e disse: — Para fazer um pedido, Anh Long. — Ele acenou com a mão para eu continuar. — Vamos colocar o freio no Two-Eleven e seus aliados. Eles estão num caminho destrutivo que tem sido infeliz para muitas pessoas, como tenho certeza que você sabe. Queremos detê-los antes que cheguem a um ponto em que eles não podem ser parados.

Anh Long ficou quieto por alguns segundos, avaliando a nós três. Ele disse ao seu protegido: — Quem somos 'nós'?

Big Guns balançou a cabeça. — Razor, Blondie. Uma lutadora que se chama Shocker. O seu namorado Ace, que é especialista em tecnologia. E um fisiculturista chamado Bobby. — Ele fez uma pequena reverência, sorriu. — E eu, Anh Long.

— Hmm. — Ele considerou. — Eu conheceria essa Shocker. — Ele cruzou os braços, parecendo saber que ela estava aqui e não discutiu mais até que estivesse presente.

Big Guns correu para o pátio, passou pela porta desli-zante e voltou com a menina-animal a reboque. No fato de treino desagradável, a aparência de Shocker era enganosa. Ela parecia atlética, com certeza, mas ninguém jamais imaginaria que ela era a garota mais má que já usou luvas. Ela tinha um olhar incerto e inocente que desmentia a sua natureza confiante e violenta. Um ato que eu admirava tanto que tentei a expressão. Parecia gay depois de um momento, então eu parei.

Big Guns começou a apresentá-la. O Dragão Mais Velho disse: — Eu sei quem é Shocker. — Ele se virou para ela. Ela respirou fundo. Big Guns parecia confuso enquanto Blondie e eu sorrimos. O velho riu. — Não fique tão surpresa, senhorita Ares. Afinal, você era uma celebridade para lutar com fãs, o que inclui o decrépito Elder na sua fronte.

Ele parecia muito preocupado com o semblante em pânico dela. Ela parecia pronta para correr por sua vida. Ele se aproximou e pegou na mão dela. — Você não tem nada a temer. Ninguém aqui lhe trará danos. Eu posso garantir.

Shocker sorriu, agradecida. Respirou fundo. — Prazer em conhecê-lo, Anh Long.

— Oh, o prazer é todo meu. Isso é um prazer. Você me faz sentir como um jovem pedindo um autógrafo. — Ela ficou escarlate. Ele riu de novo, soltou a mão dela e olhou em volta para nós. — Agora. O que você precisa da Família Dragão?

— Permissão, e alguém bom com um rifle. — Eu disse, olhando para ele e Shocker. Ouvi dizer que Anh Long era um entusiasta do kickboxing e era bom nisso. Não estou surpreso que ele siga o boxe também, embora esteja surpreso que ele pareceu conhecer Shocker antes mesmo de vê-la. O mensageiro disse que ela estava aqui, pensei. Blondie e eu somos conhecidos boxeadores. Big Guns a chamou de "lutadora". Muito pode ser inferido disso.

Quantos filhotes se chamavam Shocker?

— Permissão para guerra contra a Tiger Society? — Anh Long disse, apertando as mãos atrás das costas.

— Isso mesmo. Alguns de nossos combates podem acontecer no território do DF. Não queremos nenhum mal-entendido com vocês.

— Entendo. — Em vez de responder, ele olhou para o relógio, virou-se e acenou um gesto específico para um garoto que parecia um menino de rua, magro com calções sujos, sandálias rasgadas e uma camisa com buracos. O garoto estava observando o Dragão Ancião como um escudeiro observa um rei, aguardando ansiosamente os seus comandos, esperando antecipá-los. Ele tirou um galo enorme de uma gaiola, estendeu-o à sua frente para evitar ser agarrado pelas esporas afiadas de aço presas aos pés. Caminhou rapidamente para se ajoelhar diante de seu rei.

Anh Long se ajoelhou e acariciou a cabeça do galo. O cone, o moicano vermelho da pele que coroava a cabeça de um galo, havia sido removido. Era uma prática comum, impedia-os de serem presos por esporas ou bicadas durante a batalha. O mesmo motivo pelo qual você não vê lutadores com cabelos longos, é altamente inconveniente quando o seu oponente agarra um punhado e o conduz para onde quiser. As penas eram brancas e pretas, marrom dourado, algumas com franjas roxas que pareciam retocadas. Era um animal magnífico.

Anh Long tirou uma garrafa de água do seu bolso. Retirou a tampa e derramou uma andorinha entre os seus lábios finos. Ele acariciou o seu assassino, depois cuspiu uma corrente de água no seu bico. O pássaro cozinhou em frustração. Shocker fez uma expressão *Que diabos?*, embora o resto de nós já tivesse visto isto antes. Era uma técnica para manter as aves hidratadas, para melhorar o seu desempenho. Eles não bebiam sob comando, nervosos demais ao redor de anéis de luta para fazer outra coisa que não fosse cozer, fazer cocô, e esperar ansiosamente pelas inevitáveis lutas. Anh Long, obviamente, cuida dos seus próprios lutadores.

O garoto ficou em pé com os braços estendidos e levou o galo rapidamente de volta às gaiolas. A multidão ao redor do ringue conversava baixinho, esperando o Elder Dragon retornar antes de iniciar a próxima batalha.

Anh Long olhou para nós e sorriu, com licença. Ele disse: — A briga de galos está na minha família desde a sua invenção. É uma grande fonte de orgulho, uma tradição que uniu aldeias no país antigo e une famílias agora mesmo neste novo mundo. A Família Dragão valoriza tradição. — O seu rosto ficou melancólico. — A Sociedade Tigre costumava, mas o que eles sabem agora? O Anh Ho deles não tem nem quarenta anos. — Disse ele, querendo dizer o Élder Tiger. — E eles gostam de brigas de cães, pelo amor de Buda. — Ele cuspiu, fazendo uma careta. — Eles perderam contato com as suas raízes, adotando a religião e as tradições americanas, perdendo as suas identidades e respeito no processo. E o que somos sem raízes e civilidade? — Ele jogou as mãos para cima. "Tu chang ca chon!" idiotas de exibição.

Ele cuspiu novamente. Olhou para ninguém em particular. A sua voz assumiu uma paixão tranquila. — Os Two-Eleven e os gângsteres orientais do bebê são barcos sem lemes, no fundo de uma tempestade traiçoeira. Os seus anciões falharam com eles. Eles acham que o único caminho para o poder é destruir os velhos costumes das famílias e governar ao estilo de gângster americano. Eles não foram educados adequadamente em nossas tradições de comunidade, fazendo negócios para que todos se beneficiassem. Tudo o que sabem é que os fortes captam os fracos e o fazem com armas e crueldade. Tornaram-se os vietcongues reencarnados. — Ele suspirou tristemente. — Eu e outros anciãos da família do dragão tentamos, durante anos, ser diplomáticos em relação à Sociedade do Tigre; entendemos as pressões culturais que influenciaram a sua direção e comportamento. Mas temos os problemas da nossa própria família. Não podemos nos dar ao luxo de colocar mais energia na correção dos seus problemas. E por causa disso, eles começaram a nos atacar, desmontando as nossas redes, fio por fio, para que as nossas capturas se tornassem menores enquanto as deles aumentassem.

Ele colocou a mão na palma da mão alto, os olhos arregalados. Ele se concentrou em nossos rostos atentos. Acenou com a mão para mim. — Ninguém quer guerra. O nosso povo está em perigo o suficiente. Você pode fazer isso sem nos revelar como aliados?

Olhei para a minha garota, para Shocker. Elas assentiram, e eu também senti que poderíamos operar sob alguma premissa fabricada, que permitiria que os nossos associados ficassem no escuro. Quase imediatamente tive uma ideia.

Você sente falta de criar golpes, o meu subconsciente disse, esfregando as mãos mentais em antecipação vertiginosa.

— Não tem problema. As armas grandes terão que se acalmar. Nós vamos garantir isso.

Anh Long assentiu. — Eu tenho alguém que é especialista em operar fora da vista. Acho que ele será de grande ajuda. — Ele olhou para o Em Hung e ordenou: — Leve-os para ver Loc. Diga ao meu Con Xoan que ele deve dar a Razor e à sua equipa qualquer ajuda que eles precisem.

— Isso será feito, Anh Long. — Garantiu Big Guns.

Hmm. Ele está a nos emprestar o seu filho mais velho, isso é uma grande coisa na cultura asiática, mostrando a nós e à missão o mais alto respeito. De repente, senti uma montanha de responsabilidade a me pesar. Não foi desagradável. Faço o meu melhor trabalho sob pressão e geralmente mostro o meu traseiro quando esse sentimento em particular me atinge. Às vezes eu mostro isso literalmente.

As minhas responsabilidades com as pessoas sempre foram mínimas, minha cadela e minha moto eram tudo o que eu sempre cuidava. Este trabalho aqui me deu uma carga que nunca senti as consequências de antes. Eu odiava admitir, mas fazer o bem para muitas pessoas parecia meio que, ok.

Sim, mas se estragares, as pessoas que contavam contigo, podes magoar-te. Queres mesmo ir em frente com isto? Eu próprio me grelhei, pensando melhor. Sabes muito bem que não gostas de estar perto de tanta gente durante muito tempo. Ainda podes desistir, dar uma desculpa BS...

— Para de tropeçar. — Eu murmurei. Blondie deu uma palmadinha no meu ombro encorajadoramente. Anh Long me deu um olhar afiado. Eu lhe disse: — Você nos honra. Eu farei o meu melhor para manter o meu fim

— Você é um general prestes a entrar em guerra. — Disse ele gravemente. — Não tenho dúvidas de que você fará o seu melhor. — Ele olhou para mim, depois Blondie, Shocker, conhecendo a nossa reputação de lutadores talentosos. Ele disse: — A guerra requer velocidade de mente e corpo, natureza cruel, para vencer. O seu conselho de guerra tem mais que o suficiente.

O elogio teve o efeito pretendido. As meninas sorriram. O meu lobo interior uivou, formigando no peito, esperando uma chance de aguçar o focinho no sangue inimigo na oportunidade mais próxima.

Anh Long estava prestes a voltar para as suas brigas de galos quando Shocker perguntou: — Qual é o nome do seu Con Xoan?

* * *

— Loc foi um franco-atirador nos fuzileiros navais. — O Big Guns disse-me enquanto estacionávamos junto ao porto. Ace, Shocker e Blondie entraram junto ao seu Prelude. Ele matou a ignição. A lama Bayou bridava-nos a cara quando saímos. As gaivotas grasnaram sobre os barcos de pesca ancorados nos molhes, procurando restos de peixe, camarão ou caranguejos em decomposição que podiam ser detetados nas velhas tábuas de madeira. O Big Guns fechou-lhe a porta. Fizemos o mesmo, reunindo-nos à sua volta para que ele nos pudesse informar sobre o misterioso assassino vietcongue. — Loc não está bem da cabeça. — Ele coçou a bochecha.

— Quer dizer que ele ficou confuso na Guerra do Iraque? — Shocker perguntou, tirando uma mecha de cabelo do olho.

— Ele estava confuso antes de se juntar ao exército.

— O que aconteceu com ele? — Perguntou Blondie.

Big Guns parecia desconfortável falando sobre Loc. — Cerca de dez anos atrás, o seu bebê morreu. Então a sua noiva o deixou.

— Aí. — Ace comentou. Os olhos das meninas se arregalaram com a fofoca suculenta.

— Sim. — Big Guns concordou. — Loc era um budista com uma namorada cristã, uma receita para problemas. Os Two-Eleven vão à igreja, por isso naturalmente eram inimigos dos cliques que iam ao templo. Um dia, encontraram Loc e a sua namorada na igreja e saltaram-lhes em cima. Ela estava grávida. Foram maltratados por cinco ou seis Two-Eleven, e ela perdeu o bebé no hospital nesse mesmo dia. Ficaram arrasados. Loc não era uma pessoa violenta naquela época, e não conseguia se vingar. Era contra as suas crenças. A sua noiva era uma rapariga do tipo do Antigo Testamento e pensava que ele era fraco. Ela deixou-o. Então ele entrou para os fuzileiros para aprender a matar pessoas. — Ele encolheu os ombros. — Ele se tornou um atirador de elite. Ganhou algumas competições de tiro e alguns prêmios por bravura. Ele conquistou a sua covardia, mas a sua depressão se transformou em algo psicótico. Ele voltou no ano passado, mas não falou com ninguém. Nem mesmo o pai dele. Ele mora aqui, naquele barco de camarão.

Apontou para um navio de pesca de madeira de quinze metros, com tinta vermelha escura velha e a descascar, a casa do leme pequena e crocante, com antenas altas espetadas na frente do para-brisa. O aparelhamento externo para as redes de camarão era feito como asas dobradas, tubos de aço e polias bem utilizados, cor de ferrugem com um revestimento liberal de fezes de gaivota brancas.

— Lugar do Boss. — Disse Shocker sinceramente.

Blondie lançou-lhe um olhar cético. Acenei para Big Guns liderar o caminho. — Eu gosto de pessoas psicopatas. Vamos ver se ele está em casa.

Quinze slots de barcos, todos eles cheios de embarcações, jet skis a iates de cerca de 24 metros, surpreendentemente, não tinham pessoas. O Backwoods Bayou não era conhecido do público em geral e teria uma medida de privacidade que uma pessoa de natureza local apreciaria. Percebi que a fugitiva na besta deve ter notado a mesma coisa.

Subimos na plataforma da doca, a relva alta do pântano aparecendo entre as tábuas, a água sacudindo a maré alta sob os nossos pés. Dedos de pranchas de madeira se espalharam entre os barcos. A casa de Loc estava ancorada no último slot, popa, com arco voltado para a albufeira aberta, ilhas de pântano pontilhando a água salobra com relva alta e pequenos pinheiros. Um único canal profundo atravessava o centro para o tráfego de e para a Baía de Biloxi.

Quando entramos no píer, olhei para baixo e li o nome na popa. "Fortune of Stealth" estava pintado em grandes letras amarelas, lascadas, com cracas agarradas à linha de água em baixo dela.

Big Guns passou pelas primeiras estacas e tropeçou numa corda invisível, segurando-se com força nas mãos, lascas batendo nas palmas das mãos. — Cac! — Ele resmungou, recuperando apressadamente os pés.

Fios de viagem eram um mau sinal. Quando um motor de popa ligou em algum lugar, eu me virei e empurrei as meninas do píer. O motor acelerou, as linhas que prendiam o Fortune of Stealth ao píer caíram na água enquanto o barco se afastava. Levei um momento para especular sobre a engenharia envolvida na instalação de Loc, impressionado.

Vendo que não havia perigo, apenas um alarme de fuga disparado, voltei para Big Guns, as meninas seguiram. — Parece que ele aprendeu um pouco mais do que como matar. — Eu disse.

— Sim. — Resmungou Big Guns. Blondie entregou-lhe um lenço de papel para as mãos. Ele agradeceu e disse: — Eu deveria saber. Esqueci de mencionar que ele é paranoico.

— Ele é um sobrevivente. — Disse Shocker, mais uma vez admirando a casa de Loc. Ela cutucou Ace, que parecia estar a estudar a configuração do fuzileiro naval como eu.

— Eu certamente teria algo assim se estivesse no filme "Os Mais Procurados da América", eu disse para eles. Ace sorriu, embora ela franzisse o cenho severamente ao lembrar a sua infâmia.

Big Guns lançou um curioso sorriso cromado para eles. Balançou a cabeça. Voltamos a nossa atenção para o barco mais uma vez. Virou num semicírculo, a cinquenta metros de distância, o motor acelerando, cortando. A casa do leme tinha uma pequena porta na beira do porto. Ela se abriu e um homem incrivelmente em forma emergiu, pisando leve-mente no convés, olhando para nós com olhos negros sem expressão. Aqueles olhos viram alguns cadáveres, imaginei. Loc usava calças largas pretas, sem sapatos ou camisa, e parecia um duplo de Bruce Lee. O seu cabelo de obsidiana estava raspado alto e apertado, a pele marrom dourada sobre um peito que fez milhares de flexões. Homem forte. Barbeado limpo. Ele parecia um soldado malvado.

Big Guns segurou a boca e gritou: — Desculpe inco-modá-lo, Loc. Fomos enviados por Anh Long. — Loc não respondeu. Não piscou. As suas mãos ficaram ao lado do corpo, veias nos braços visíveis agora que o sol rompeu as nuvens, um raio amarelo brilhante cruzando os seus olhos. Big Guns olhou para nós, vêem? Psicopata. Ele gritou: — Anh Long quer que você nos ajude a neutralizar o Two-Eleven. Você deve dar a essa equipa a assistência que eles precisam.

Ainda sem resposta. Big Guns nos apresentou. — Este é o Razor. Ele está administrando a operação. E estes são Blondie, Shocker e Ace. Todas as pessoas muito capazes. Eles têm a bênção de Anh Long. Você deve ajudá-los e ficar fora da vista. A Família Dragão está nos bastidores, por razões que você já conhece.

Loc ficou olhando, sem ser afetado pelas informações, o barco levantando-se pelas ondas excitadas batendo contra ele. Ele parecia fazer parte do navio, em perfeito equilíbrio, capaz de antecipar o convés em movimento instintivamente.

— Vamos lá. Acho que ele não quer ser incomodado. — Disse Blondie.

— Ele não parece entender. — Comentou Shocker. — Você tem certeza desse homem?

Big Guns olhou para Loc com cautela. — Sim. Tenho certeza. Ele entende. É assim que ele é. Vamos. — Ele começou a voltar para os carros.

— Espere um maldito minuto. — Eu disse, gesticulando para o lunático paranoico no barco. — Precisamos de apoio de espingarda. Anh Long nos prometeu o homem dele. Ele vai tratar dos negócios ou não?

— Ele vai. À sua maneira. Vamos. Vamos antes que o deixemos desconfortável.

— Deixá-lo desconfortável? — Blondie murmurou, agarrando o meu braço.

Dei uma última olhadela para Loc. Ele ouviu as nossas

reclamações, mas não fez nenhum esforço para se comunicar sobre nada disso. O bastardo apenas olhou com os olhos do assassino, mudo.

Ficamos ao lado dos carros, todos desapontados, um pouco incertos agora. Mas tive uma ideia para revigorar o espírito da equipa. Eu olhei em volta para todos e dei meu sorriso #1 Mr. Bullshit. — Somos uma espada que defenderá os inocentes. — Entoei. Blondie revirou os olhos. Toda a gente sorriu. — Mas nós somos uma espada nova, não testada em batalha. O aço fica mais forte durante o processo de forjamento. O que você acha que nós apontamos primeiro para o fogo?

Shocker estalou os nós dos dedos. — Estava na hora. — Ace colocou a mão no seu ombro, o rosto firmemente resolvido.

Os olhos de Big Guns dançaram. Ele deu um sorriso malicioso e disse: — Vocês já foram a uma briga de cães?

* * *

A ponta leste de Biloxi teve um interessante choque de habitantes. Brancos, asiáticos, afro-americanos e mexicanos trabalhavam nas pequenas empresas, lojas e postos de gasolina da zona encurralada pela autoestrada 90 e pela baía de Biloxi. Gostavam de bebidas e entretenimento grátis enquanto jogavam os seus ganhos nos casinos que forram a água. Os bairros residenciais foram marcados no mapa na mistura de tudo isso. As casas eram na sua maioria de tamanho médio, não muito próximas umas das outras, todas elas em palafitas. Eram propriedade de pessoas da classe trabalhadora com hipotecas, apoio à criança e jogos de futebol para assistir. A "capota" em que conduzimos era, pelo menos, metade vietnamita.

Big Guns e Ace estavam no Prelude atrás de nós, Shocker conduzindo o Scion como um carrinho pelas ruas estreitas de duas pistas. — Vamos parar por aqui. — Disse Big Guns no meu fone de ouvido, um dispositivo Bluetooth quase invisível. — Vocês acabam de chegar em casa como se estivessem convidados. Diga a eles que Tran te enviou.

— Deixa comigo. — Eu repeti para as meninas, que optaram por ficar sem fones de ouvido, já que toda a atenção estará nelas. Já tínhamos passado por isso duas vezes no nosso apartamento. O plano de entrar, conceituado verdadeiramente pelos seus, foi ótimo, mas nem todos ficaram satisfeitos. Os olhos descontentes de Shocker e a mandíbula apertada disseram que ela não gostava do vestido apertado e da prostituta que ela tinha que desempenhar. As meninas eram prostitutas, e eu era o cafetão delas. Íamos bater no clube do 211 de maneira pouco convencional: pugilistas altamente treinados contra Rooty Poot nunca tiveram emprego de verdade.

Na minha mente superconfiante, eles não tiveram chance. E por algum motivo que deveria ser perturbador, mas não foi, não tenho medo de atacar alguém que está carregando uma arma. Eu vi em primeira mão que esses dois guerreiros lindos compartilham o mesmo compromisso com o jogo de luta.

Isso seria muito divertido.

A Honda verde virou na rua atrás do nosso destino, o seu trabalho para ajudar no suporte técnico e, apenas se absolutamente necessário, nos apoiar. Estacionamos em frente a uma bela casa de tapume de vinil azul celeste, relva muito longa, seca do calor do verão que evaporara a tempestade como se nunca tivesse acontecido. A garagem e o pátio lateral estavam cheios de carros. Acuras de cor branca, vermelha e champanhe, várias Hondas pintadas e encorpadas em rodas grandes e sem distância ao solo. Uma festa estava em andamento e tínhamos as nossas máscaras.

— Prostitutas? A sério Razor? Ótimo plano, senhor presidente. — Shocker disse, soltando um suspiro.

Empurrei os meus ombros para trás, endireitei a minha gola, um botão azul e prateado Nautico. — Presidente, vadia.

Ela me assaltou no espelho retrovisor, olhos estreitados.

Blondie saiu, os saltos batendo na rua. Ela alisou a saia de couro verde escuro, empurrou os peitos num colete justo, ombros bronzeados brilhando ao sol. Platina ofuscante do cabelo. Óculos escuros sobre um sorriso malicioso. Ela adorava o planejamento de papéis, e já faz alguns anos que ela consegue interpretar uma prostituta. Eu podia sentir sua excitação agudamente. Ela disse a Shocker: — Apenas finja que você é Julia Roberts em Pretty Woman.

Shocker olhou para ela por cima do telhado, desconfortável no vestido de seda vermelho pálido, quase rosa, que fez as suas curvas saltarem em todas as direções. Os cabelos castanhos escuros caíam sobre os ombros dela em mechas grossas e brilhantes, um estilo rápido Come Hither que não podia deixar de virar a cabeça. Sua maquiagem combinava perfeitamente com a pele, a forma facial, os cabelos e a cor do vestido. Eu não tinha ideia de que ela poderia ficar tão arrumada. Ela estava ótima. Ela rosnou: — Eu sou uma lutadora, não uma atriz. — Mas ela suspirou resignada, sacudiu os cabelos com aborrecimento, desacostumada a nada além de um rabo de cavalo e trancou o carro com o chaveiro. Guardou as chaves na bolsa.

Notei que o braço esquerdo dela parecia minúsculo sem a manga de compressão, o direito substancialmente maior. O braço de um mecânico, deduzi. Não é de admirar que a mão direita seja como se fosse lançada por um homem.

Quatro jovens vândalos saíram para nos desafiar, brancos. Eles usavam calças largas e camisas de grife coloridas, grandes joias no pescoço, orelhas e pulsos. Uma sobrancelha ou duas perfuradas. Eles pareciam relativamente perigosos, especialmente um com a arma saindo da cintura. O menor deles falou, me surpreendendo com seu tom autoritário, — Quem é você? Você não é bem-vindo aqui.

Coloquei os meus braços em volta das minhas prostitutas e as apertei, sorrindo como um vendedor de carros. — Tran nos enviou. Pensei que vocês pudessem desfrutar de um pouco de sabor no seu Sausage Fest.

— Temos mulheres. — Disse o Little Guy. — E nós não pagamos por elas. — Os seus companheiros fizeram uma careta de acordo, aparentemente ofendidos por eu insinuar que eles tinham que pagar por algum saque.

Blondie deu uma palmadinha no meu peito, caminhou até os homens e puxou as cortinas, uma dominatrix olhando para os seus próximos submissos. Ela ronronou: — Ooh, tanta agressão irradiando de seus corpinhos duros. Eu poderia fazer muito com isso. — Os seus calcanhares bateram na frente deles, os seus olhos incapazes de não olhar para as suas pernas e traseiro perfeitos. Little Guy lambeu os lábios. Como uma leoa avistando o mais fraco do rebanho, Blondie se voltou contra ele, a sua energia magnética, sugando a sua vontade. Ela se elevou sobre ele, peitos bronzeados espreitando o colete, bem na cara dele. — Aposto que você nunca teve uma mulher antes, teve? Você disse que "tem mulheres", mas são apenas meninas, não são?

Ela acariciou um dedo em baixo do queixo dele, roçou o antebraço, deixando o rosto brilhante e os pelos dos braços eretos, tocando áreas que ela sabia que estavam ligadas a partes do cérebro associadas a confiança e recompensa. Ele gemeu um pouco, intoxicado pela aparência, voz e cheiro dela. Ela se inclinou e deu um suspiro doce no rosto do Little Guy, a voz rouca, no modo de Sedução. — Você me quer?

— Mmm-uhm. — Ele respondeu, com o rosto corado de desorientação. Ele aliviou uma mão no bolso, agarrando o seu membro endurecido para evitar que lhe arrancasse as calças. Eu literalmente mordi a língua para lutar contra o riso. Estava sempre a fazer-me isso. Eu não era um estranho para meter a mão no bolso da piscina.

— Vamos ver vocês, garotos lá dentro. — Disse Blondie num tom mais imperativo do que declarativo. Ela deu um beliscão no traseiro de Little Guy, empurrou-as para fora do caminho, e eu peguei nas mãos das minhas prostitutas, sorrindo, Blondie nos levando pelo caminho de cimento que ligava a varanda e a porta da frente.

A sala estava escura, dois sofás e três cadeiras cheias de casais adolescentes, todos vietnamitas, garotas sentadas ou deitadas nos seus namorados atuais, hip-hop casual, o sabor do vestido da camarilha. O techno trance misturou o ar nublado da maconha com cadências selvagens de som, bateria e sentidos eletrónicos trêmulos, enquanto uma fêmea de voz quente cantava numa língua asiática que eu não entendia.

As gatas vietnamitas na sala viram Blondie e Shocker e endureceram. Os seus rostos pequenos e fofos criavam todo o tipo de emoções, bocas abertas com inveja nas pernas, ombros, cabelos longos e lindos e roupas maravilhosas. A sua altura escultural. Eu olhei para elas e imitei as suas expressões, apertando a fonte de sua admiração. Blondie e Shocker arrancaram o filho da puta das minhas mãos, então eu soltei as suas bundas e sorri para longe da dor.

Você pagará por isso mais tarde, meu Johnson encolheu-se consternado.

Um dos homens sentados no corredor saltou e saiu a correr da sala. Pelo olhar no seu rosto e quase toda a gente na sala, eu diria que ele estava com um pouco de êxtase de qualidade e seu estômago estava em rebelião. Olhei para a porta da frente quando Shocker estava prestes a fechá-la. Os homens com quem a loira trabalhou o seu charme haviam sacudido o feitiço e estavam nos seguindo para dentro de casa. Boa. Precisamos deles todos no mesmo lugar.

Na cozinha, uma mulher vietnamita mais velha cozinhava uma grande refeição frita em algum tipo de fogão a gás, frigideiras em cada queimador. Tigelas e colheres compridas pegaram o pequeno balcão à sua esquerda. Passamos por ela e ela gritou algo que tinha uma saudação/com licença. Uma porta aberta mostrava uma garagem com uma mesa de bilhar, duas dúzias de pessoas à sua volta, pilhas de dinheiro e joias aleatórias no verde pareciam dados rolando e os jogadores cantando. A música rap era lançada pelos alto-falantes surround.

— Porque nós fumamos aquele Kush / e nós bailamos como um furacão — Lil 'Wayne fluiu. Os homens estavam a rir ruidosamente das travessuras de um homem por perder, um espetáculo dramático, bêbado e engraçado, como só os homens asiáticos podem fazer.

Um silêncio gaguejante tomou conta deles quando notaram a bunda de classe mundial entrar na sala.

Blondie entendeu, pôs a mão no quadril enfiado e o peso em um estilete. Ela abaixou os óculos para poder olhar para toda a gente, assumir uma posição de autoridade. Eles instintivamente reconheceram seu status de alfa e não puderam deixar de reagir a ele. Ela controlou a sala com sua presença. — O inimigo está em casa. — A sua voz sensual ronronou, anunciando a verdade literal enquanto fazia o seu público se sentir sexy.

Algumas gargalhadas nervosas, um tipo a titubear como uma bimba bêbeda. O meu sorriso gorduroso de vendedor de carros manteve-se no lugar sem qualquer esforço. A Shocker ficou ali parada, nem no modo Prostituta nem no modo Sedutora, embora ainda conseguisse emanar a Boss Bitch. Os homens também a olhavam com desconfiança e pavor.

A Blondie empurrou os óculos para cima, depois demorou a andar à volta da mesa, esfregando-lhe as mãos sugestivamente ao longo do estômago dos homens, puxando ligeiramente a camisa para cima à frente ou para trás. Tocando-lhes no cabelo com sons femininos brincalhões. Cada um que ela tocava chegava até ela. Ela se movia através das mãos deles com facilidade, enquanto as namoradas grasnavam como se fossem esquilos adoráveis e irritados. Shocker observou a minha namorada com uma admiração rancorosa.

Blondie: 2. Shocker: 1

A maioria dos homens tinha vinte e poucos anos. Todos eram experientes na vida de gangsters. Isso significava que eles lutariam com ou sem armas. Até agora, Blondie havia encontrado mais duas armas, tornando as três conhecidas pelos homens. Não há como dizer quantos estavam na casa. Se tudo acontecesse como planeado, o nosso inimigo não teria hipótese de se armar.

Blondie percorreu o jogo de dados até ao último homem, esfregando os ombros, roçando a frente da cintura com as costas da mão, o contorno de uma automática formando brevemente em sua camisa de rayon. Quatro armas, considerei. Quantos estarão no ringue de luta???

Virei-me para olhar para as extremidades da garagem. A porta da baía estava bem aberta na entrada a 30 metros de distância, protecidas com caixas a forrar as paredes, equipamento de relvado a rodear um cortador de relva em frente a dois Acuras enganados. A minha cabeça girou para olhar para a outra extremidade. Uma porta estava aberta para o quintal. Um relvado largo e verde e uma cerca de elos de corrente pareciam pitorescos através da moldura. Blondie indicou que os seus encantos estavam inseminados nos homens e que podíamos passar para o grupo seguinte.

Caminhámos para fora. O sol estava quente e o ar estava alto. Baixo trovejado dos woofers no deck do pátio, rap rápido e duro que encorajava todos a empurrar um filho da puta, bater num filho da puta.

Ah... AMO quando a música se encaixa na cena!

— Nós estamos a ver-te. — Dizia-me Big Guns ao ouvido. Eu olhei à minha volta, para além da vedação. As casas flanqueavam-nos. A de trás tinha um grande barracão no outro lado do seu quintal, a cinquenta metros de distância. Várias figueiras cobriam o Big Guns e o Ace, que se agachavam entre a folhagem espessa com um emissor de PEM, um dispositivo do tamanho de uma grande caixa de expansão. Transmitia poderosos impulsos eletromagnéticos a partir da sua antena plástica retangular. O que parecia ser covinhas tipo bola de golfe texturizou o seu rosto. Com uma célula recarregável de 24 volts, pesava apenas 12 gr. A minha menina construiu-a para desligar carros, computadores, telemóveis, esquadras de polícia, tudo o que dependesse eletronicamente. São mais fáceis de construir do que se pensa. Não imagina como era útil quando éramos vigaristas.

— Ligue-o em intervalos de dez segundos quando a ação começar. — Murmurei. Isso iria matar os seus telefones e carros, permitindo-nos simultaneamente comunicar de seis em seis minutos, se necessário. Eles não poderiam chamar qualquer apoio, ou fugir de nós nos seus carros. Tivemos de tratar dos negócios antes de eles perceberem que estavam encurralados, as pessoas lutam muito mais quando vêm que não têm fuga possível. Mas eu não estava preocupado com as falhas. Tenho experiência de ataque a multidões como esta. E as raparigas tinham um trato especial pelas saias.

A briga de cães era muito parecida com a briga de galos que vimos anteriormente, apenas o anel tinha um metro e meio de altura e não havia crianças ou idosos presentes. Os bandidos expressaram seu prazer ou frustração numa mistura de inglês e vietnamita. Duas garotas brancas, ambas morenas pequenas de jeans e tops de biquíni, se destacavam entre elas, os olhos de longos cílios se arregalando no show parando prostitutas invadindo o seu território. Blondie e Shocker ignoraram os seus olhares tristes, concentrando-se nos homens que gritavam ruidosamente ao redor dos cães rosnando no ringue, dois pitbulls de nariz vermelho rasgando os pescoços, pernas e ancas um do outro na sujeira marrom molhada.

A brutalidade dos animais tinha acendido todo o tipo de sentimentos primordiais especiais nos homens, genes guerreiros exigindo que a tribo caçasse, matasse, sentisse prazer em dominar animais menores. Eles torciam por sangue, por dinheiro e status, excitados ansiosa e carnalmente. O ambiente era mais cru do que a luta de galos tinha sido, de mais consequências. Os moralmente conscientes diriam que esta emocionante ação estava errada, ainda mais do que a luta de galos. Os cães são o melhor amigo do homem, bla, bla, enquanto nós comemos frango. No entanto, o seu negócio é usar valores culturais ou religiosos para justificar a sua alimentação ou a luta de outras espécies. Não tenho qualquer ambiguidade moral sobre esta questão. Aos meus olhos, os animais partilham direitos iguais. Eu como frango, e como o seu cão se me irritar o suficiente.

Desempenhar o meu papel foi tudo por causa do sorriso

gorduroso. Estas pessoas acreditavam que o chulo agia sem problemas. Eu era capaz de invadir o seu espaço sem esbofetear nem falar bem de ninguém. Quem quer falar com um chulo gorduroso? O meu suposto título deu-me liberdade para não ter de socializar. — Gênio. — Eu murmurei em apreciação ao meu cérebro, sentindo um momento merecido de ego.

Cafetão suave, deslizei a mão sobre o cabelo para trás engraxado.

— Eles parecem muito absorvidos pelos cães. Como vamos jogar isso? — Shocker sussurrou-me ao ouvido, a sorrir e a acariciar-me a face.

Eu escovei os meus lábios na sua orelha. Ela riu. Eu disse: — Você tem o K especial?

— Mmm-hmm. — Ela sorriu e cortou os olhos para um homem a olhar para ela. Acenou de brincadeira.

— Siga a pista de Blondie.

— Tudo bem. Ela resmungou, depois apressadamente colocou o sorriso da prostituta novamente.

Eu andei e apertei o rabo da minha menina. Faço isso muitas vezes, tanto que se tornou uma parte da nossa comunicação. Este aperto dizia: *Vai trabalhar, mulher.*

— Entendi, Raz. — Ela respondeu, inclinando a cabeça para Shocker. Não conseguiam andar de saltos altos na relva à volta do ringue de luta e manter a linguagem corporal que desejavam projetar. Mas havia caminhos de tijolo e pedra por todo o pátio, e o convés era grande, a largura da casa, os bancos cheios de gente, todos eles bebendo cerveja ou bebidas mistas de um bar improvisado, uma pequena mesa forrada com álcool e duas boazonas em biquínis, um refrigerador de gelo e um barril de cerveja entre eles na madeira manchada.

As minhas prostitutas caminharam no caminho de

tijolos até ao ringue de luta como modelos, cabelo, mamas e nádegas a saltar de forma a agradar aos olhos. Os lutadores de cães repararam nas bombas e deram um grande impulso ao seu jogo. Com os níveis de testosterona ligados ao máximo das lutas viciosas, os seus impulsos sexuais também foram acelerados. O salto de Fight to Fuck era um assunto fácil para qualquer homem de raça de bandido/gangster. O Efeito Mulher Linda fará um homem fazer coisas realmente estúpidas, então não fiquei surpreso de ouvir homens gritando alto, apostas ridículas, piscando maços de dinheiro enquanto os seus olhos estavam colados em Blondie e Shocker. Alguns estavam tão bêbados ou loucos hormonalmente que imitavam os cães, latiam, rosnam, cabeças a chicotear para trás e para a frente como se estivessem a preocupar a pele de um inimigo. O meu lobo interior respondeu, dosando-me com um aumento tremendo de adrenalina e endorfina. Eu uivava um desafio.

Com o seu objetivo fascinante de atenção cumprida, as prostitutas giraram no caminho e foram até o convés, subindo pelas garotas que despejavam Bud Light em copos plásticos do barril gelado, gotas de condensação brilhavam húmidas no aço inoxidável. Ninguém me prestou atenção, então me sentei numa cadeira de jardim e chutei de volta para assistir ao show.

— Obrigada, senhoras. — Disse Blondie às meninas bonitas e carrancudas. — Você se saiu muito bem. Você pode sair agora. — Ela sacudiu a mão com desdém e as meninas se afastaram com descrença intimidada, vergonhosamente saíram do convés para a casa.

— Ha! — Eu aplaudi. — Status substituído. — Eu desenterrei a minha cocaína. Tive alguns solavancos rápidos.

A Blondie olhou para o ringue de luta. Todos os olhos estavam postos nas novas empregadas de bar, os tipos do alpendre, os oficiais da garagem, os bandidos do ringue de luta, todos olharam fixamente para as raparigas brancas mais más que já viram. A Blondie tinha a sua atenção, mas não era suficiente. Ela precisava de reunir toda a gente. Ela olhou para Shocker. — Já fez um barril de cerveja?

— Hum...

— Não importa. Apenas segure nas minhas pernas. — Ela se virou para o gângster mais próximo, o Little Guy, e curvou um dedo para ele. Ele sorriu como um vencedor da loteria, aproximou-se das deusas e do barril entre elas. — Segure a torneira na minha boca e conte os segundos. — Exigiu Blondie. O rapaz assentiu rapidamente. Blondie sorriu para a multidão e anunciou: — Há um novo serviço de bar em cena. Algum de vocês, filhos da puta fracos, se importa de me desafiar num barril de cerveja?

Os homens levantaram as suas bebidas ou gritaram em vietnamita, inglês, alguns comentários obscenos em francês.

Começou a formar-se uma linha no bar. Blondie agarrou a borda do barril com ambas as mãos e saltou para um suporte de mão, pernas compridas esfaqueadas no ar, com estiletes a inclinar a sua magnificência como varas de para-raios num arranha-céus. Shocker agarrou as suas pernas, segurou-a com um pequeno grunhido feminino, o som mais irritante do que a tensão. Os seus braços inchados de músculos rasgados, e os olhos alargados de espanto. Pude ver as rodas a girar nas cabeças das marcas. *Como podem as prostitutas ter este especto?* diziam os seus rostos mistificados.

A saia de Blondie desceu o suficiente para que todos pudessem ver as suas cuecas verdes brilhantes e quaisquer perguntas que pudessem ter tido sobre ela ser uma prostituta foram esquecidas.

Ela mostra a toda a gente menos a mim, eu derramei para mim mesmo.

Uma prostituta supermodelo a fazer um barril de cerveja com as cuecas a piscar foi um espetáculo e tanto. A Blondie tinha drogado toda a gente com luxúria ou inveja, emoções que os cegariam de apanhar para a fase seguinte do nosso trabalho: drogá-los a sério.

Blondie chupou a torneira na mão do Little Guy enquanto ele contava os segundos. Os homens que os cercavam berraram: — Vai! Vai! Vai! — Enquanto as namoradas ficavam nos arredores com puro ódio colorindo os seus adoráveis olhos epicráticos. Blondie cuspiu a torneira depois de um minuto inteiro e gritou: — Chupe! Seus vermes não podem vencer isso!

Rindo genuinamente pela primeira vez desde que chegamos, Shocker a abaixou. Ninguém queria tentar ficar num barril, provavelmente temendo o ridículo que sofreria quando não vencessem Blondie. A minha garota ajeitou as roupas, com satisfação, olhou para mim.

Falei "verde" e cheirei uma gota maravilhosa, com os dedos atrás da cabeça.

As raparigas começaram a encher copos de cerveja, a bebida subitamente mais popular. Ao ponderar sobre o sucesso da minha menina como modelo do raio da Budweiser de alta qualidade, vi-a e a Shocker a meter Ketamina em mais de vinte copos de cerveja. Os recipientes sorveram-na alegremente, limpando a espuma fria das bocas que continuamente vinham para a atenção das deusas que dirigiam o espetáculo.

Ri-me, bati palmas e depois parti a coca mais uma vez. A cadeira do relvado estava confortável. Voltei a deitá-la. Cruzei os meus tornozelos. Inalei vários solavancos gigantescos.

O tranquilizante entrou em vigor quase imediatamente. Os rapazes estavam a drenar rapidamente os copos para terem uma razão para se voltarem a aproximar das raparigas, a receberem recargas e mais K especial. Algumas das namoradas estavam a tratar dos seus homens embriagados com grande desconfiança, embora eu acredite que os seus homens estavam simplesmente a desmaiar sob a influência de Blondie e de Shocker.

É nisso que eles querem acreditar, eu sorri em pensamento. Os rapazes, e a maioria das raparigas, tinham estado a beber durante horas antes de chegarmos aqui. A Ketamina não seria notada por estas pessoas até ser demasiado tarde.

O sol aqueceu muito o meu rosto e os meus braços. Sendo um chulo gorduroso numa festa em casa, senti-me obrigado a desabotoar a minha camisa, puxá-la para que todos pudessem admirar ou odiar os meus abdominais gordurosos. Recostei-me, à espera que Blondie me dissesse que as nossas marcas estavam prontas para o golpe de misericórdia.

— Já estão prontos? — Big Guns disse no meu ouvido. — Podias tê-los aniquilado depois de a B lhe ter mostrado o material.

Eu ri, murmurei: — Este é o jogo dela. Ela nos dirá quando é a nossa vez de jogar.

Ele suspirou em resposta, e eu imaginei os seus dentes a piscar de impaciência prateada. Ele queria estar na mistura das coisas. A sua atitude prática foi o que me fez respeitar o líder do bando quando o conheci, há cinco ou seis anos. Ele nunca ordenou aos seus homens que fizessem nada que ele próprio não fizesse. Ele tinha muitos padrões como chefe de gangue que eu faria bem em observar.

Não me lembro da última vez que vi um barril vazio tão depressa como este. Após trinta minutos, quase todos os homens presentes foram engessados com álcool e, sem o saber, engessados em algo que não é suposto ser consumido com álcool. Duas pessoas estavam a vomitar junto à vedação. Outro estava a dormir profundamente de costas, com o nariz largo a lançar uma sombra no queixo, com o sol a assar-lhe a pele. Os cães foram completamente esquecidos, três deles amarrados à cerca. Um lambeu uma poça de vómito. Outros correram em torno de trelas de fuga. Blondie e Shocker tinham de ser mais agressivas na luta contra os avanços, à medida que os homens perdiam o controlo.

Senti a massa crítica no horizonte e me levantei. Tirei a minha camisa. Blondie me deu um aceno de cabeça, girando para longe das mãos tateando. Big Guns disse: — EMP está ligado. — E eu caminhei até ao convés, subi, caminhei com propósito até um banco que revestia o meio do corrimão. Empurrei as pessoas sentadas em cima dele para fora do meu caminho e fiquei em cima dele, virando-me para enfrentar a multidão que finalmente tomou seriamente nota de mim. As pessoas que eu tinha expulso choraram de falta. Os que estavam sentados ou deitados sentiram que algo estava errado e começaram a ficar de pé. Eu não lhes prestei atenção, levantei as mãos.

— Silêncio, camponeses! — Eu rugi, voz dominante que envolvia todos. Os vietnamitas não gostavam de ser chamados de camponeses. Eu tinha toda a atenção deles. Projetei as minhas palavras, com o objetivo de parecer um juiz apaixonado da Suprema Corte. — Os Two-Eleven e os Oriental Baby Gangsters são despojados das suas explorações e cessam todas as operações na costa. Ofenderam e feriram centenas de pessoas que não tinham nada a ver com molestar, e as pessoas já não vão tolerar isso. Estamos aqui para representar os interesses do povo.

Apanhei a Blondie a rolar os olhos. Maldito sejas frito com coca, Shocker pooh-pooh enfrentou-me.

Snifei, olhos a dar os dardos, coração a bater com a emoção. Eu daria um ótimo juiz.

Enquanto todos me observavam, Blondie e Shocker tinham tirado os saltos, arrancado umas sabrinas das suas bolsas e as calçaram. Colocaram os estiletes nas malas. Deixaram cair sobre um banco. Colocaram os cabelos em rabo-de-cavalo. Shocker tinha soqueiras de latão sobre luvas de couro preto. Blondie puxou um par de luvas semelhantes e agarrou duas barras de ferro, cada uma tão grande como um rolo de moedas.

Eu flexionei os meus punhos nus. Calmamente, sem pressa, tirei um par de luvas de segurança do bolso. Tomei o meu doce tempo colocando-os. Eu segurei as minhas armas em silêncio e fui recompensado com dezenas de olhos brilhantes. O juiz Razor os sentenciou. — Hoje você será punido pelo que fez. Se você optar por continuar o seu curso ignóbil, como tenho certeza de que voltará, voltaremos. E voltaremos quantas vezes for necessário para os seus idiotas para receber a mensagem.

— Do que você é alimentado? Foda-se você e aquelas putas disfarçadas! — Little Guy enfureceu-se comigo, apontou-me o dedo acusador e aos membros da minha equipa, desleixou-se, desequilibrou-se. Louco como o inferno porque tinha sido gozado como uma marca comum num bar de striptease. — Somos quarenta fortes, e podemos ter mais com um telefonema. Como pensa que nos pode castigar?

Para dar uma resposta, dei-lhe um pontapé na cara. O meu tamanho 12 Rockport bateu no seu frágil osso da bochecha da minha posição elevada. — Aaarrrgh! — Ele ofegou, batendo nas pessoas ao seu redor para não cair. Eles o agarraram, me olhando com uma surpresa hilária e letárgica. Não apenas eu havia agredido o irmão deles, como havia ameaçado o modo de vida deles. Gritaram gritos de batalha bêbados e empurraram-se uns aos outros para me apanharem.

Eu saltei do banco, sobre o corrimão para a relva, aterrando em equilíbrio. Olhei para cima e vi a Blondie e a Shocker a dar murros rápidos e devastadores na multidão, tudo negócios, aproveitando a minha atenção para lhes bater na nuca, murros brutais de coelho a largar os homens tranquilizados com facilidade. Elas se aproximaram rapidamente dos homens com armas e os derrubaram sem sentido, antes mesmo que as marcas soubessem que uma luta estava acontecendo.

Uma enxurrada de braços e caras sinistras veio até mim pela esquerda, mais pulando o corrimão, quatro caras tentando me cercar. Eu dancei para fora da sua armadilha, dando longos golpes nos seus olhos enfurecidos. Plantei o meu pé de trás, empurrei com força e atirei uma mão direita para o queixo do homem mais próximo. Foi um golpe de jarrete ósseo, sentido no fundo do ombro. O maxilar partiu-se em mais do que um lugar, bateu com a erva no estômago, gemendo entorpecido, inconsciente. Os outros três viram a facilidade e a precisão com que eu tinha despachado o seu camarada e ficaram sóbrios.

Eles abrandaram a carga, mas isso não ajudou, eu carreguei-os, a inesperada blitzkrieg congelando-os o tempo suficiente para eu bombear as minhas pernas, ancas, ombros rolantes, uppercuts, derrubando dois, um pivô rápido e em cima da direita, derrubando o terceiro. Os meus punhos apertados atravessaram-nos como poços hidráulicos, pisando com energia explosiva e interminável, frustrando-os até ao chão. Os seus equilíbrios drogados não tiveram sorte contra a minha velocidade. Olhei à minha volta e vi testemunhas a olhar para mim, hesitantes em lutar contra o lobo assassino. Vários fugiram o mais rápido que puderam, cambaleando, saltando corpos no relvado e no convés, batendo em casa enquanto os punhos de ferro de Blondie brilhavam na sua esteira. Outros saltaram a cerca, refugiando-se nos pátios vizinhos. Um pitbull atacou um dos saltadores da cerca, cedendo ao seu instinto de perseguir e morder coisas que corriam. O homem gritou de dor, calças rasgando ruidosamente, carne arrancada de caninos afiados.

— Ha! — Eu aplaudi.

Eu me virei e corri pelo convés para o lado oposto das minhas prostitutas para bloquear as pessoas que escapavam de sua fúria. Havia pelo menos uma dúzia de bandidos e duas vietnamitas ainda a discutir, reunidas, de frente para os combos empolgantes da garota-fera e guerreira loira. Sem espaço para balançar sem se bater, foram empurrados lentamente para trás e para fora do convés. Um me viu a chegar atrás deles e gritou um aviso. — Pode ser!

Subi rapidamente e saltei, pondo o meu joelho num rosto aleatório. O seu nariz sentiu-se horrível a partir-se debaixo da minha rótula. Ao mesmo tempo, atirei-lhe um uppercut, esmagando-lhe o olho. Ele gritou de agonia e sangue escorregou debaixo das minhas botas. Vários se viraram e balançaram selvagens, desesperados, socos de pânico. Abaixei a cabeça rapidamente, batendo no rosto de alguém atrás de mim. Um punho rachou contra a minha orelha, balançando a minha cabeça. O golpe ligou-me de forma limpa, mas só serviu para aguçar a minha concentração.

— Bom soco. — Eu disse ao homem, perfurando-o com uma combinação de jab, mão direita e gancho esquerdo. Ele soltou um suspiro quando o seu estômago recebeu o gancho, caindo de joelhos.

Choveu mais murros, quatro, cinco, seis tipos, enquanto eu voltava para trás, mãos para cima, com os punhos para o lado, tecendo a cabeça, capaz de ver os murros amadores a chegar, concentrando-me no movimento escorregadio para evitar golpes limpos. Felizmente, estes tipos não estavam na melhor forma neste momento e não conseguiram reunir forças suficientes para bater com muita força. E há uma diferença tão grande na habilidade entre lutadores profissio-nalmente treinados e gângsteres comuns de rua. Tive uma altura significativa e também uma vantagem sobre eles, e usei-a para os manter no fim dos meus murros, longe de mim.

Os meus braços pareciam poder durar horas, a excitação da batalha imbuindo os meus músculos de um combustível sem limites. Comecei a lançar murros longos, retos e rápi-dos, combos com efeito de serra elétrica. Uma linha de homens com sete metros de largura tentou pressionar-me, ousado, agora que estavam encurralados. Concentrei-me perifericamente em qualquer coisa que saltasse demasiado além da linha que desenhei mentalmente no convés, olhos extremamente largos, observando tudo de uma só vez. Pisei-os suavemente e bati-lhes, iluminando-os com tiros duros e furiosos, virando para atingir outro com velocidade explo-siva, rebentando lábios, olhos, sangue a florescer nos rostos, repondo os ombros para relaxar e recuperar uma fração de segundo antes de voltar a atirar com força. Não faziam ideia de como se aproximavam de mim, os limites do convés a mantê-los juntos, impedindo-os de me cercar, de entrar nos meus socos. Nenhum deles estava sequer perto de estar ao meu nível. Eu era um lobo entre os cães de tamanho médio, e eles sabiam disso.

Para ser um bom desporto, e torná-lo mais um desafio, decidi usar apenas o meu gancho esquerdo. Todos os lutadores têm um murro em que realmente se destacam. A Blondie tinha um grande golpe, longo, estaladiço, e com o tempo podia derrubar um homem com ele, sem uma barra de ferro. Shocker tinha uma direita desumana. O meu era o gancho. Eu poderia lança-lo de qualquer ângulo, incrivelmente rápido, no estilo Roy Jones Jr...

Um tipo com um mapa do Vietnam na camisa atacou-me com um soco. Inclinei-me para o lado, peso sobre o pé esquerdo, explodindo para jogar um gancho na sua bochecha. Crunch! Meu punho ressoou. Ele apertou os olhos com força quando o golpe deslocou o seu rosto no espaço e tempo, dando um soco inconsciente no caminho para o chão. O seu punho roçou a minha perna.

Virei para a esquerda, para a direita, pondo de lado vários baloiços de um pau de madeira que espalhou os meus inimigos. Uma mulher mais velha, segurando uma vassoura grossa, a cozinheira que nos saudou no caminho para dentro, bateu-lhe insanamente, rachando a madeira dura no rosto e no pescoço de cada lado, enquanto gritava em vietnamita. Foi diretamente de um filme de comédia.

Eu estava relutante em bater na mulher, especialmente porque ela me estava a ajudar. Vários homens que ela tinha batido gritaram com ela. Ela percebeu o que estava a fazer, ajustou o seu punho no pau e fez com que me espetasse com ele. Eu sorri para ela, *vá lá, a sério?* O seu rosto arranhado para um grito de guerra, depois distorcido com os nós de latão de Shocker cavados na sua bochecha, quebrando o maxilar, os dentes. Ela caiu, coxeou, espezinhada por dois homens a lutar para evitar os devastadores punhos de metal da fera.

— Haaa! — Eu aplaudi. Inalei fundo, depois corri de cabeça para o tumulto, encontrando as minhas prostitutas guerreiras no centro, nós os três a limpar o convés com os nossos socos preferidos, homens a fugir feridos, raparigas a chorar berrante, maldições, apelos, perguntas gritadas desesperadamente em vietnamita rápido. Foi o caos, e eu revelei no pânico coletivo do inimigo em fuga. — Cadela! — Eu gritei, pegando um bandido com excesso de peso que se dignou a desafiar a minha posição como rei do convés.

Sem alvos para procurar e destruir, inspecionei Blondie e a garota-fera. O colete e a saia da minha garota estavam enrolados em suas curvas, cabelo selvagem, sangue vazando pelos lábios de um canto. Ela lambeu, dando um sorriso malicioso. Shocker tinha um defeito no guarda-roupa, um peito saía do sutiã, branco brilhante, sangue manchado ao sol, correia rasgada pendurada. Ela ainda estava com o rosto no modo luta: sobrancelhas baixas e tensas, olhos escuros e lábios descolados dos dentes cerrados. Dois arranhões longos na bochecha. Eu olhei para baixo. As suas juntas de bronze brilhavam vermelho na sombra. As veias pulsavam nos seus braços esquisitos. Mal podia esperar para acertar outra coisa.

Ela pulsava uma energia de que eu tinha inveja. Ela era uma verdadeira guerreira, um ser humano raro, as suas capacidades físicas capazes de desafiar a natureza. O pouco que pude observar do seu trabalho foi um verdadeiro prazer. Maldição. Devia ter mandado o Big Guns filmar isto.

Reparando que o meu interesse era mais dirigido à fera do que a ela, Blondie dobrou os braços e brilhou. Normalmente estou em cima dela depois de um trabalho como este. E já há muito tempo que não fazemos um trabalho. Antes de poder explicar que o meu olhar malicioso era por respeito, Big Guns redirecionou a nossa atenção para o trabalho que não estava acabado.

— Sarilhos. — Ele disse ao meu ouvido.

Eu congelo. — Onde?

— Dois carros pararam. Não parece uma multidão.

— Não poderia ser. O EMP impedia que alguém pedisse ajuda. — Há provavelmente uma dúzia de pessoas lá fora a perguntarem-se porque é que os seus telefones e carros não funcionam.

— Devia haver uma reunião agendada. Diep acabou de sair de um carro. O que está ele a fazer aqui? — Ele murmurou em pensamento. — Quatro tipos saíram do outro carro. A sua guarda pessoal. Eles são um pouco mais capazes do que os que você pôs a dormir. Tenha cuidado.

— Tudo certo. — Eu olhei para as meninas. — A festa ainda não acabou.

— Quantos? — Perguntou Blondie.

— Cinco. Um é Diep.

Os olhos de Blondie saltaram.

— Quem é esse? — Shocker perguntou. O seu comportamento era completamente diferente agora. Mais humano.

— Ele dirige a Tiger Society. — Blondie respirou, mentalmente chocada quando as ramificações surgiram nela. — Que porra é essa? — Ela respirou fundo, compôs o cabelo.

— Não sei por que ele está aqui e os chefes do Two-Eleven e do OBG não. E eu não me importo. Esta é uma oportunidade de agarrar a cobra pela cabeça. — Eu balancei os meus braços para evitar rigidez.

Shocker bateu os punhos juntos. Clang. — Vamos apanha-los antes que eu arrefeça.

A minha inveja me traiu novamente quando a garota-besta marchou e socou um tipo que estava a tentar se levantar. Ele exalou bruscamente quando o golpe bateu atrás da orelha, lançando a cabeça de volta para o convés, dormindo. Blondie olhou para mim, furiosa, e eu percebi que deveria pelo menos ter elogiado a aparência do seu traseiro durante a luta antes de ela girar num dedo do pé e se afastar para a entrada da cozinha, ficando de lado.

Suspirei, olhei à volta do quintal. Vários cães farejavam os homens no chão. O que ainda estava vivo no ringue tentava saltar a parede de madeira, mancando com a língua comprida e rosada balançando, ferida demais para dar o salto. Vários maços de dinheiro e sacos de drogas estavam na relva. O aparelho de som e os alto-falantes no convés foram destruídos e espalhados, garrafas e xícaras de cerveja e nocauteadas vítimas do Special K espalhadas por toda parte. O tranquilizante tinha complementado definitivamente o nosso trabalho. Se não fosse tão malditamente inteligente, seria como enganar. Inspirei com um profundo senso de conquista.

Fui até a porta da cozinha. As meninas ficaram de lado, fora da vista de qualquer pessoa lá dentro. Diep e a sua equipa me viram assim que entraram na cozinha. Pela porta de correr de vidro, vi várias garotas e Little Guy conversando ao mesmo tempo e gesticulando no quintal. Diep latiu uma ordem. Little Guy levou as meninas para a sala rapidamente, de cabeça baixa, e quatro homens atarracados cercaram o chefe como escudos, um deles sacando uma arma de um coldre de ombro.

— Merda. Arma. — Eu disse à minha equipa. Big Guns gemeu. Eu olhei para Blondie, Shocker. — Cinco tipos, uma arma conhecida. O que você quer fazer?

— Merda, querido. Foda-se eles. — Blondie dobrou os punhos de couro em torno das barras de ferro.

Shocker olhou para mim, olhos de demônio, no modo luta mais uma vez. Ela rosnou: — Eles não serão rápidos o suficiente. Deixe-os chegar perto.

Oh Deus! Essa garota estava além de incrível ou o quê?

Eu balancei a cabeça, coloquei a minha cara oleosa de

ódio-de-cafetão e gritei: — Hey Diep! Seu maldito campo-nês. Lon, buceta. — Os seus rapazes fazem uma festa de merda, homem. Eles não podiam nem lidar com um pouco de ação S e M de duas prostitutas.

Blondie gemeu exasperada. Shocker dirigiu os seus olhos bestiais para mim. Dei a elas um sorriso oleoso de vendedor de carros, depois observei Diep e os seus rapazes saírem correndo pela porta para me confrontar.

O líder da Sociedade Tiger era pequeno, mas alto para um vietnamita. Ele parecia muito americano. O seu cabelo estava cortado num estilo formal, bigode e cavanhaque aparados num rosto magro e amarelado. Os olhos muito próximos, dava a ele um semblante mesquinho. Calça social, camisa de seda preta. A sua presença dizia Boss, e ele me deu a sensação de que o seu representante por crueldade não era exagerado. Ele apontou um dedo para mim, com raiva. — Quem... — Ele começou congelando ao ver a carnificina.

A pausa foi tudo o que as meninas precisavam. Blondie anunciou a sua presença com um gancho jogado na virilha do atirador, instantaneamente agarrando e arrancando a pistola de suas mãos. Ela se inclinou para trás e para a frente rapidamente, martelando a arma no estômago e na cabeça repetidamente. Ele se dobrou sob o seu ataque cruel.

Shocker disse olá com duas mãos enormes e carregadas de costas, WHAM! WHAM! pulverizando as cabeças dos dois mais próximos dela. Eles caíram desajeitadamente e ela continuou batendo neles, os braços agitando uma dor séria a cada pancada.

Blondie apontou a arma para o guarda-costas restante, que estava tentando puxar uma arma pelas costas. — Não faça isso. — Ela avisou, apontando o focinho para os olhos dele. Ele fez um som frustrado de raiva, levantou as mãos com relutância. Shocker o acertou na parte de trás da cabeça, tropeçando quando ele caiu contra ela.

Nos sete segundos que levaram para que isso acontecesse, Diep se virou para ver os seus homens serem atacados, voltou para me ver a começar a segui-lo. Ele puxou uma arma debaixo da camisa e conseguiu ficar atrás de Shocker enquanto ela lutava e largou o guarda-costas. Ele a agarrou pelos ombros e colocou a arma na cabeça dela. Ela parou, os olhos esbugalhados, e uma emoção mais angustiante e inesperada cruzou as suas feições: medo.

Ela já foi baleada antes.

Diep gritou para nós, um animal encurralado. — Eu vou matá-la! Afaste-se! Eu vou espalhar o cérebro dela...

A sua mão que segurava a arma explodiu num spray vermelho, a bala passando pela palma da mão, para o lado de vinil contra o qual ele caiu. Sangue, pele e pedaços de metacarpos cobriam o cabelo, a bochecha, o braço e o vestido de Shocker, pingando no chão. A arma caiu no pátio. Diep rugiu em agonia, a voz alta, ululante. Apertou o pulso na tentativa de formar torniquete para o fluxo de sangue arterial por toda parte. Ele se inclinou contra a casa, os olhos rolando descontroladamente do trauma, choramingando, depois gritando, chamando nomes para virem ajudar.

Shocker decidiu ajudar. Ele olhou-a. Ela se concentrou no seu queixo erguido e lançou o seu gancho de bronze numa missão de bombardeio, grunhindo com feminilidade animalesca quando o tirou de sua miséria. Ele deslizou pela parede, caiu de lado, com o rosto no cimento. A sua dor diminuiu, podíamos ouvir os sons do verão na vizinhança, o fraco techno ainda batendo na sala de estar. Shocker se inclinou e tirou o cinto de um guarda-costas, enrolou-o com força no pulso de Diep e sentou-o. Levantou o braço machucado por cima e por trás da cabeça, deixando-o ali. — Está acima do coração dele. Ele não sangrará até a morte antes que os paramédicos cheguem aqui. — Disse ela, tentando limpar o sangue do rosto. Ele apenas manchava como tinta de guerra, a visão e o cheiro causando todos os tipos de sensações estranhas na minha boca. Eu queria morder alguma coisa.

— Quem atirou nele? — Blondie disse, olhando por cima da cerca na direção em que foi disparado. — Big G trouxe um rifle?

— Não. — Respondi, sabendo quem nos deu o apoio do atirador. Protegi os meus olhos, procurando nos telhados das muitas casas visíveis no próximo quarteirão. As telhas brilhavam com a luz da tarde. Uma casa a mais de cem metros de distância tinha uma chaminé com uma figura vestida de preto deitada ao lado dela. Um enorme rifle preto em um tripé estava apoiado na frente dele, silenciado, presumi, pois nunca ouvimos o tiro. Eu podia sentir a mira quando ele nos examinou com o seu alcance. Eu ajudo a levantar uma mão, acenei um OK em apreciação.

Blondie também o viu. — Quem é essa aberração?

— Loc. — Shocker respirou.

Eu sorri amplamente, satisfeito com a minha equipa. O nosso novo recruta.

VI. F#@K

Eu AGACHEI-ME ATRÁS DA MINHA MENINA E DISSE-LHE:
— Bom trabalho! — Dei-lhe uma palmada antes que ela
pudesse sair do caminho, sorrindo para o seu grito. Afastei-
me do seu balanço em resposta.

— Idiota! Mesmo quando eu estava prestes a mostrar
outro do Victoria's Secrets. — Ela cruzou os braços e virou a
cabeça.

Ficamos no quarto do apartamento. Blondie usava uma
grande toalha branca em volta dela, uma menor na cabeça.
Cheirava a óleos de banho exóticos. Eu estava nu. Sentei-me
na cama, tirei as minhas meias. — Desculpe, querida. Você
sabe que não posso evitar. O seu traseiro fez um trabalho tão
magistral hipnotizando todos aqueles bandidos, eu só tive
que elogiar.

— Mmm-hmm, certo. — O sol poente irradiava os seus
raios através da enorme janela atrás dela. Tons tingidos de
gravata brincavam artisticamente em seu rosto e em curvas
brancas. Ela sorriu em perdão. — Tudo bem então. Vá tomar
o seu banho. Estarei pronta quando você sair. — Ela passou

a mão no meu peito, estômago e passou um dedo na cabeça do meu pênis.

Ow! meu Johnson reclamou alegremente. Resisti ao desejo de levá-la naquele momento e caminhei rapidamente para o chuveiro, ignorando o míssil que procurava carne batendo nas minhas pernas como se tentasse me virar.

Limpo, seco, com um par de boxers pretos, voltei a entrar no nosso quarto. O espaço era grande e acolhedor. O tapete era azul, paredes de um simples branco com várias cenas de moto e boxe pintadas diretamente no cimento, num canto. O lado oposto do quarto era uma das minhas obras-primas (por assim dizer). Grafitado em estilo realista tinha um campo de flores, relva alta de perto, mais curta no fundo. Andando no meio do campo tinha três mulheres muito primitivas, muito nuas. Louras. Morena. Escarlate. Linda em bruto, sem maquilhagem ou penteados caros. Sem joias. A sua beleza estava no seu estado mais natural, sem qualquer possibilidade de superficialidade. Quando as vi, senti-me refrescado. Quando perguntei à minha colega de quarto o que pensava ela ter abanado a mão para indicar mediocridade e disse: — Aaa...

A cabeceira da cama estava posicionada mesmo debaixo delas, de frente para a janela, lençóis brancos brilhando o mesmo vermelho dourado que o cabelo da minha fantasia escarlate, um ninho mágico para a verdadeira deusa espalhada pelo meio em cima de várias almofadas. Pernas cruzadas nos tornozelos, botas pretas altas terminando a meio da coxa. Uma liga rendada de algum material que eu não conhecia, mas de que gostei instantaneamente, foi-lhes cortada. A sua lingerie era roxa e verde clara, rendada de branco à volta das mamas. Lindos arcos verdes mais escuros lhe cobriam os ombros, mais no cabelo, que agora estava quase seco, longas mechas emoldurando o seu rosto sem maquiagem. Os meus olhos se moviam para baixo. O estômago dela estava nu e com água na boca. Esfregou as mãos de lado, sobre o estômago, lentamente, sensualmente, com os olhos meio fechados. Ela não estava a fingir agora, esta era a verdadeiro Blondie. A mulher que me amava. Os seus modos eram completamente diferentes dos de quando ela trabalhava os seus encantos sobre as marcas. A sua sincera e vulnerável sedução era apenas para mim, realmente especial e muito mais quente.

Ela abriu os olhos e disse com uma voz suave e ofegante:
— Você gosta?

— Oh sim. — Subi no pé da cama, de joelhos, comecei a esfregar as suas botas.

Ela riu de prazer. — Bem, você rasgou a última lingerie que eu comprei, você ainda me deve isso, a propósito, então eu decidi seguir um caminho diferente desta vez.

— Diferente? Como você pode parecer mais sexy?

Como resposta, ela abriu as pernas, mostrando-me a calcinha mais sexy da Terra, uma peça roxa transparente que mostrava os seus pelos loiros como joias em Zales. A minha ereção era limítrofe e dolorosa. Ela viu o meu outro cérebro tentando assumir os controlos e colocou uma bota no meu peito, me empurrou para trás, sorrindo maliciosa-mente. *Você me deve mega preliminares*, os seus lindos olhos se estreitaram para mim.

Eu levantei as minhas mãos. — Ei. Se o seu gatinho fez isso com essa calcinha, eu não vou nem chegar perto disso.

Ela riu alto. — Okay, certo. — Ela colocou as pernas debaixo dela rapidamente, sentou-se sobre os joelhos, a boca a uma polegada da minha, os olhos brilhantes me enca-rando. Ela acariciou a frente dos meus boxers, sussurrando:
— Você vai chegar perto "daquela coisa" quando eu disser. Entendeu?

Tudo o que eu pude fazer foi gemer em resposta.

* * *

— Já estou cá fora há uma eternidade. — Shocker reclamou quando Blondie a deixou entrar pela porta da frente. Vi as vossas luzes a piscar e apagar muito depressa, e ouvi música, por isso sabia que estavam aqui. Mas que raio?

— Temos um badalo. — Expliquei, sentando numa cadeira na sala de estar.

Blondie mordeu o lábio e fechou a porta.

— Um badalo? Então vocês dois saem e batem palmas com a música?

— Sim. Vamos dizer que estávamos batendo palmas. — Eu sorri no goso.

Blondie pigarreou, lutando contra um sorriso.

Surpreendeu a Shocker o que estava a fazer as luzes piscarem como se um macaco de laboratório chapado estivesse no controle do interruptor. Ela suspirou, balançou a cabeça. — Vocês dois malucos fazem tanto sexo que me fazem querer fazer um teste de gravidez.

— Onde está Ace? — Blondie perguntou, sentada num divã de couro cinza que combinava com a minha cadeira, uma pequena mesa de vidro entre nós, lâmpada acesa, iluminando o seu brilho fresco de maquiagem. O quarto tinha um teto baixo para dar uma sensação de proximidade, piso de madeira, sem tapetes, uma pequena TV que nunca usamos. A arte nas paredes era uma mistura de estranheza. O nosso gosto pelas pinturas passava de horríveis males a paisagens de tirar o fôlego e um retrato de Marilyn Monroe. Tínhamos um monte de arte por todo o apartamento.

Shocker inspecionou o assento ao lado de Blondie antes de sentar nele, hesitante. — Ace está na casa de Bobby. Não dá para dizer o que eles estão a fazer. Perry estará aqui em alguns minutos. Ele vai nos preparar uma grande refeição. — Ela sorriu carinhosamente, ajustando o seu confortável tanque de adaptação, a fonte de energia para a sua manga de compressão preta sedosa. — Alguma notícia do Big Guns?

Eu olhei para Blondie. Ela respondeu a Shocker: — Logo depois do acidente, o grupo do Two-Eleven, Diep, foram ao hospital, onde um exército de bandidos apareceu. A polícia Biloxi teve que fazê-los sair. Toda a Tiger Society foi alertada em todo o país. Big G disse que todos os afiliados da TS com idade suficiente para porte de arma foram armados e receberam as nossas descrições.

— Bom. — Shocker sorriu. — Eu não me importo de ser reconhecida neste caso.

Eu ri. — Da próxima vez, filmaremos.

— Quando é a próxima vez, senhor presidente? — As duas olharam para mim, mas antes que eu pudesse responder alguém bateu à porta.

— Deixa comigo. — Blondie andava descalça até a porta, calções amarelos e blusa branca parecia deixar o cabelo mais brilhante. Ela olhou pelo buraco, gritou de alegria e abriu a porta, com os braços abertos para dar um abraço em Perry. Bobby e Ace se aglomeraram atrás dele, todos sorriram.

Perry entrou em seus braços, mãos cheias de sacolas de compras, Tupperware. —Querida. — Ele a cumprimentou.

Ela apertou-lhe os ombros com delicadeza, deu um passo atrás, acenou a todos e fechou a porta. Apontou para a cozinha e para a sala de estar. — Sintam-se em casa.

Perry acenou com a cabeça para Shocker, que se levantou para abraçá-lo rapidamente. Balançou a cabeça para mim, com as sacas nas mãos enormes. — Ouvi dizer que vocês tiveram um bom dia. Pensei em ajudar a reabastecer as armas que vocês chamam de braços e pernas. — Ele sorriu, entrou na cozinha, e Blondie seguiu-o.

Eu olhei para Shocker. — Que tipo fixe.

Ela sorriu. — Não vais dizer o mesmo depois de ele inchar o seu intestino com toda a comida com que nos vai estragar.

— Verdade. — Eu dei uma palmadinha no meu estômago. Ele deu um ronco, reagindo ao cheiro sublime que eu sabia que estaria a vir da minha cozinha a qualquer minuto.

Ace se inclinou e beijou Shocker. — Querida. — Disse ele de forma cativante. Olhei para a T-shirt. WIRED estava escrito em fios e componentes eletrónicos artisticamente coloridos.

— Ei! No que vocês os dois estão a trabalhar? — Ela perguntou, sorrindo "Olá" para Bobby.

Respondeu o Big Swoll. — Destruir. — Ele ficou na frente da TV de frente para nós, mãos nos bolsos da calça jeans, outra camiseta de bodybuilder mostrando a sua imensidão, esta laranja fluorescente.

— Ace, você disse antes que tem um 'destruidor'. Não sou tão experiente em computadores quanto você e a Blondie. Gostaria de explicar o que é isso? — Eu perguntei.

— É o Apex. — Disse Blondie quando Ace abriu a boca. Ela lambeu algo do dedo, saindo da cozinha.

Ace nunca fechou a boca, olhando-a incrédulo. — Como...

Blondie sorriu para ele. Virou para mim. — Lembra-se quando lemos sobre botnets?

Eu assenti. — Um supercomputador composto por milhões de PCs e portáteis conectados.

Os olhos de Blondie brilharam. — Está além da minha experiência, embora eu sempre quis projetar malware para obter um sistema como esse.

— Não, você não. — Ace murmurou, olhando para o tapete.

A minha garota deu de ombros. — As redes de bots começam com a criação de um vírus Trojan dentro de um anúncio de 'download grátis'. — Ela não deixou a sua atitude cínica afetar a sua excitação. — Enviá-lo por e-mail a um gazilhão de pessoas e sentas-te e contar quantos marcos clicam nele. Terá o controlo do poder de processamento do seu computador. Assuma o controlo de alguns milhões de computadores e terá mais capacidade de processamento do que os melhores supercomputadores do mundo. — Ela sorriu melancolicamente. — Existem apenas algumas redes de botnets conhecidas. As pessoas que as gerem por vezes alugam tempo de processamento, semelhante à forma como uma universidade aluga tempo nos seus supercomputadores. Precisava de um grande mojo para um trabalho em 0-9, e encontrei um operador notório na Net que se autointitulava Apex. Tentei localizar, mas não consegui, é claro. — As suas mãos escreveram num teclado aéreo enquanto a sua cara parecia adorável em desilusão. Depois, sorriu, *sem problema*. — Mas consegui encontrar outras salas de chat onde ele fazia negócios. "Demolidor" e "Destruidor" foram a forma como descreveu o seu equipamento e trabalho.

— Você é a Barbie Killer? — Ace perguntou, a voz ainda tingida de descrença, embora agora cheia de respeito.

— Reconheça, filho da puta. — Blondie sorriu lindamente, estendeu o punho. Ele bateu e deu um sorriso nervoso, virou-se para a garota.

Shocker e eu fizemos uma careta um para o outro. Bobby murmurou, pensativo. Perry, alheio a nós, cantou uma música country enquanto as panelas chiavam e as especiarias enchiam o apartamento com ar-condicionado.

— Eu pego a etiqueta da Barbie Killer. — Disse Shocker,

inclinando a cabeça para a minha garota. Ela olhou para Ace, decidindo se deveria ficar chateada por não saber o seu nome criminal, enquanto outros sabiam. — Por que Apex?

Eu respondi. — Predador Apex. O animal acima de todos os outros animais. Assassino de assassinos.

— Ele também estava matando. — Disse Blondie.   Ele poderia destruir qualquer sistema, derrotar qualquer hacker ou empresa de segurança que o desafiasse. Mau MFer.

Eu assisti Shocker e Bobby de perto. Eles não ficaram surpresos com essa revelação. Eles sabem da habilidade de Ace, obviamente. Mas ele não contou tudo a eles. Eu olhei duro para a garota-besta, para o nerd, mais do quebra-cabeça se encaixando. — Você parou quando a conheceu. — Eu afirmei para Ace, sem dúvida. Ele parecia envergonhado. Eu sorri, estou certo, não estou?

Ele disse: — Sim. Eu parei. Ela salvou a minha vida. Eu estava me transformando num supervilão.

— O que tem de errado em ser um supervilão? — Eu perguntei. As meninas cortaram os olhos para mostrar o valor da minha inteligência, e eu lhes dei dois dedos médios. — Supervilão. — Eu disse com um sorriso maligno.

Blondie balançou a cabeça para Shocker. Homens, ela encolheu os ombros. Shocker cheirou com desdém. Bobby deu a todos um sorriso brilhante, Você-Branco-é-Louco, enquanto Ace continuava a se stressar e a perder o humor. Ele disse para a minha garota: — Você foi a primeira pessoa a me conectar ao Apex. Muitos já tentaram.

Blondie contou nos dedos. — Você é conhecido como o hacker durão que foi preso enquanto trabalhava no WikiLeaks. Você é um mago de materiais. E você acabou de admitir que era Apex. Eu realmente estava apenas pescando. Pelo que sabia, 'Wrecker' era algum programa novo.

Shocker lançou-lhe uma careta de reprimenda. Idiota!

— Adorável. Então, o que é um Wrecker? — Eu perguntei novamente.

— Um computador. Eu o construí para uh...

— Ser supervilão sexy? — Eu sugeri. Eu levantei as minhas mãos. — Ei. Entendi.

Ele finalmente sorriu sem parecer coxo. — Claro. Pensei que poderíamos usá-lo. Bobby e eu o trouxemos. Está no meu carro. Podemos instalá-lo na sua garagem.

— Factível. O que você acha, Lean Meats? — Eu olhei para Blondie.

— Nós iremos para a garagem depois que comermos. Eu e o supervilão podemos testar o Wrecker enquanto vocês se reconectam com o drone. — Ela pegou no BlackBerry da mesa. — Alguém quer café? Uma boutique ao virar da esquina faz entregas.

— Ela está se exibindo. — Eu disse. — Ela é a dona do lugar. Esperem até ver como é entregue.

— Os meninos da entrega estão nus ou algo assim? — Shocker disse. Toda a gente riu. Blondie deu um sorriso enigmático e depois enviou uma mensagem para a sua loja para os pedidos de café.

Eu levantei e entrei na cozinha. Perry tinha panelas e utensílios em uso que eu tinha esquecido. Ele cantarolava jovialmente, o chiar e o óleo fervendo no fogão acompanhando a sua geleia como símbolos gordurosos e percussões. A abertura sobre os bicos do fogão aspirava a fumaça apimentada e vaporizada. Espreitei pela janela do forno, mas não sabia dizer que tipo de carne estava me fazendo lutar babando.

Não importa, os maxilares cortantes do meu lobo interior sorriram. Carne! Carne! Carne! Carne!

— Deve estar pronto em alguns minutos. — Disse Perry. — Espero que você goste de tofu.

— Toe quem? Pare de me ameaçar. — As minhas sobrancelhas franziram dolorosamente.

Perry recostou-se e riu estrondosamente. — Você sabe melhor do que isso, garoto. Acha que fiquei assim a comer imitações de soja? — Ele deu uma palmadinha na sua cintura considerável. — Você sabe melhor. Ponha a mesa. Você está no meu caminho. — Ele empurrou por mim com um sorriso, cantarolando mais uma vez, pegou uma luva de forno. Abri um armário, tirei alguns pratos.

— Essas — Bobby murmurou ao redor de uma boca de carne dez minutos depois, — são as melhores costelas que eu já provei.

Perry projetou o seu queixo largo feliz, passou uma garrafa de A-1 para Ace. A mesa mal era adequada para ter tudo, o seu tampo não visível de toda a comida, pratos e cotovelos. Blondie e eu compartilhamos um lado, encarando o nerd e a garota-fera. Big Swoll e Perry nas pontas. Uma panela de costelas no centro prendeu a atenção de todos. A carne suculenta e assada tinha pequenos fiapos de desenhos animados que envolviam dedos atraentes sob os nossos narizes, levando a nossa fome a alta velocidade. Cogumelos fritos, cebola e pimentão foram salteados numa panela ao lado. Uma tigela grande de abóbora e tomate, tigelas de milho doce e salada. Pão francês, torrado com manteiga e alho grossos.

Eu comi uma quantidade enorme. Todos nós fizemos.

— Oh meu Deus. — Blondie reclamou. — Vou precisar de uma lipo depois disso. — Ela se inclinou para trás, esfregando o estômago.

— Vocês querem ir à academia mais tarde? — Bobby perguntou, constantemente bifurcando-o.

— Vamos fazer isso. — Eu disse, resistindo à vontade de pegar uma quinta costela. Suspirei, empurrei a minha cadeira para trás. Olhei para Perry, cujos olhos estavam animados pela refeição e os seus efeitos sobre nós. Maldito. Vou ter que dobrar meu cardio pela manhã para queimar toda essa merda boa. Fiz uma careta para ele, peguei outra costela. Perry deu uma risada.

Um bipe alto e agudo soou do lado de fora da porta da frente. Blondie se levantou rapidamente, mostrando os dentes perfeitos. — Chegou o café. — Ficamos de pé e seguimos, com o rosto curioso sobre o serviço de entrega que emite um bipe e não bate.

O sinal sonoro continuou. Ao aproximarmo-nos da porta, pudemos ouvir o som de vento fustigado, como se um enorme leque estivesse no MAXIMO. Blondie abriu a porta como uma daquelas modelos d'O Preço Certo e um pequeno helicóptero de quatro rotações pairou nas nossas caras, os seus motores elétricos girando incrivelmente rápido, embora silencioso, a resistência ao vento crepitante é o seu único escape. Era um Draganfly X4-P, um avião muito leve, muito forte, todo em fibra de carbono com uma câmara e uma caixa isolada pendurada entre os seus patins.

— Oi Crystal. — Disse Blondie para a câmera, abrindo cuidadosamente a caixa. Removidos dois cafés médios. Entregou-os a Shocker, Ace. Fechou a caixa.

— Oi, senhora. — Gritou uma voz feminina de um pequeno alto-falante não visível. O Draganfly recuou e outro pairou no seu lugar. Crystal continuou a falar sobre isso. — Quatro cafés, senhora. Há mais alguma coisa que você precise?

Blondie pegou o café da Draganfly # 2. — Não. Eu envio uma mensagem se eu precisar. Obrigada.

— Tudo bem. — Ela falou, parecendo exatamente como a adolescente formal que ela era. — Um bom dia a todos!

As Draganflies afastaram-se rapidamente, o impulso do rotor desvanecendo-se em seguida. Todos olharam na direção que tomaram. As suas bocas abertas e os seus olhos intrigados deixaram a minha rapariga muito satisfeita. Ace ainda acenava ligeiramente, inconscientemente, com a língua a espreitar para fora do lado da sua boca confusa. Percebeu que ainda acenava adeus à Crystal, parou, olhou para o seu café, um latte mocha 12 oz. que acrescentava um sorriso de criança às suas características de totó. Ele bebeu-o.

Blondie vibrou com a reação dele à coisa toda. Shocker olhou para ela com uma explosão *que porra é essa???* um monte de perguntas empurrando os seus olhos castanhos, veias se contorcendo de forma esquisita na sua parte superior do corpo.

Bobby bebeu o seu café. — Ah... — Ele deu uma cotovelada na sua nova amiga. — Tudo bem. Diga, princesa. Precisamos saber como você nos transportou para o futuro.

Blondie deu uma cotovelada nele, fechou a porta e tocou o café expresso no dele. Bebeu. — Mmm. É bom, hein? O nome da boutique é Blondie's. Entregamos café, doces, flores e produtos de higiene pessoal, qualquer coisa abaixo de dois quilos, para a comunidade local.

— Carga útil de dois quilos? — Shocker perguntou. — É por isso que você precisava de dois helicópteros para entregar quatro cafés?

— Sim.

— Você os construiu?

Blondie sacudiu a cabeça. — A Draganfly Innovations

os fabrica. Eu os vi na Internet há alguns anos e me perguntei por que ninguém os estava a usar para entregas ao consumidor. Acabei de abrir o Blondie's e pensei em testá-los no meu modelo de negócios.

— É perfeito. — Shocker assentiu. — Nenhuma despesa de entrega além dos cêntimos que custa para carregar as baterias. — Ela tomou um gole pensativa. Toda a gente se sentou na sala de estar. Perry sorriu e voltou para a cozinha para começar a limpar.

Blondie colocou o café numa mesa, gesticulou com as mãos. — O Draganfly X-four-p tem trinta e quatro polegadas de largura e doze polegadas de altura. Os motores são sem escova, muito silenciosos. As quatro barras que seguram os motores e o corpo da câmera são de fibra de carbono.

— Tecnologia? — O nerd queria saber.

— Horas de voo? — Shocker perguntou.

A minha garota deu-lhe um sorriso *Eu amo ser o centro das atenções* e disse: — Um poderoso processador de bordo com onze sensores o torna estável e fácil de pilotar. A câmera é isolada de vibração do chassi e do suporte da câmera. Todo o equipamento pesa quatro quilos e meio e pode voar por trinta minutos com uma carga.

Os olhos de Shocker rolaram em cálculo. Ela disse: — Acho que poderia fazer entregas a oito quilômetros de distância e ainda ter carga suficiente para chegar a casa.

— Sim, sobre isso. A câmara de doze megapíxéis capta imagens incríveis. Pode programá-la para ir a um local, tirar fotografias ou vídeos, e regressar em piloto automático. Os empregados da Blondie's recebem encomendas por telefone ou pela Web e carregam as compras nas Draganflies. Digita-se o endereço num portátil e eles voarão para lá sozinhos. Quando chegam ao seu destino, o piloto automático é desligado e um empregado toma os controlos enquanto fala com o cliente. Já viu a caixa de carga útil. Um leitor de cartões magnéticos está montado na caixa. Os clientes retiram a sua compra e passam o seu cartão.

— E o vandalismo? — Bobby perguntou, parado na frente da TV.

Blondie deu de ombros. — Ainda não foi um problema. Mas se algumas crianças idiotas tentarem apanhar uma, terão uma surpresa.

— Tal como??? — Shocker pergunta, não sendo uma fã de suspense.

O rosto dela ficou furtivo. Ela imitou borrifar uma lata. — Um esguicho de spray de pimenta. Há um pequeno recipiente a bordo com um solenoide minúsculo para o descarregar. No entanto, o software evasivo deve tirá-lo do perigo antes que isso aconteça, os sensores de sonar avisam-no de qualquer objeto que se aproxime. A caixa de carga útil também se abre por baixo. Pode deixar cair duas chávenas de café escaldante sobre alguém. — Ela riu com o pensamento.

Shocker sorriu maliciosamente. — Isso pode ser muito útil.

— Eu sei, certo?

Enquanto Blondie continuava a expor o seu conceito, observei as meninas, espantadas por parecerem deixar de lado as suas diferenças. Foi uma mudança gradual, baseada no respeito relutante. Fui forçado a rever a minha avaliação de que elas nunca seriam amigas, mesmo que fossem pagas. — Hungh. — Eu disse.

— O que? — Ace me perguntou.

Eu levantei a minha cabeça para as mulheres tagarelas. Bobby sorriu conscientemente para mim, para o seu amigo curioso. Eu disse: — Elas não estão mais a manter a pontuação.

— Isso podemos dizer. — Acrescentou Bobby num estrondo baixo.

— Oh! — Disse Ace.

As garotas se acalmaram abruptamente, olhando-nos desconfiadas. Bobby de repente achou o seu café muito interessante. Ace virou uma cor culpada. Eu dei o meu sorriso # 1 do tipo bom. — É bom ver que você não está mais a tentar comparar peitos.

Shocker olhou para Blondie, irritada. — Ele está sempre a pedi-las?

Para uma resposta, o meu lince loiro atirou-se a mim com um soco, o seu pequeno punho a bater no meu ombro. Quase virei a cadeira para trás, tentando evitá-lo. Todos se riram, as raparigas a flanquearem-me enquanto eu estava de pé para me defenderem da peça.

— Tudo bem agora. — Eu avisei. Pato, captura, bloco. Pivot. Movo à volta do sofá. Barrei os meus dentes, levantei as mãos. — Você foi avisado. Agora você despertou um mal antigo, The Super Spank Monsters. — A minha voz de assassino de filmes de terror tinha Bobby chiando de humor.

— Ah Merda! — Blondie guinchou enquanto eu saltava o divã, girava-a e pelejava os seus bolos com várias bofetadas duras. — Ow! — Esfregou as curvas com dor, a saltar na ponta dos pés, com o rosto angustiado.

Shocker veio para mim com um sorriso que ficou feio quando eu bloqueei o seu golpe, a girei e Whop! Preguei nas suas nádegas o mais forte que pude. — Filho da puta... — Ela mordeu o lábio, segurando a área ofendida com as duas mãos.

— Pontuação dos Super Spank Monsters! — Eu cantei, punhos sobre a minha cabeça, pés arrastando uma dança da vitória.

Ace olhou para mim como se quisesse dizer algo sobre

eu bater na sua esposa. Bobby murmurou algo próximo ao ouvido e assentiu. ESTÁ BEM. Isso não está flertando, revelaram os seus olhos.

As raparigas viraram-se contra mim com punhos enrolados e olhos vingativos. Ainda brincalhonas. Mas mais brincalhonas. O sentimento de incerteza que nenhum homem gosta quando confrontado por uma mulher de olhos malignos? Agarrou-me os tomates e retorceu uma parte substancial da minha confiança.

Blondie tem uma ajuda séria, disse meu subconsciente aos Super Spank Monsters. Você está com problemas...

Salto de novo sobre o sofá. Bloqueio de Blondie, deslize Blondie. Ow! Ow! Come dois socos no estômago, um no rim. Bloquear, apanhar, empurrá-los para longe. Tornou-se demasiado, os seus quatro punhos capazes de passar pela minha defesa enquanto me perseguiam pela sala de estar. Escorreguei atrás do Big Swoll, empurrei-o para dentro das minhas atacantes. Elas riram se, ameaçaram atingi-lo. Ele levantou as mãos, não querendo fazer parte do drama delas, e eu tropecei na merda da mesa, esparramado no meu estômago, grunhindo enquanto elas saltavam em cima de mim. Respirava com a intensa mão direita que aterrou debaixo das minhas costelas. Riam como mulheres loucas, bombardeando-me com os nós dos dedos das rãs. Eu cobri a cara, o estômago, a cara outra vez....

— Ugh! Oof! Ow! Merda, caramba, pare, ok! Você venceu. YAMELD DAMMIT!

— Quando vocês terminam de fazer cócegas um ao outro. — Disse Perry, diante de nós, limpando as mãos numa toalha. — Talvez me possa dizer porque é que todos aqueles gangsters vietnamitas acabaram de sair para a frente.

* * *

— Sabem que foi você. — Disseram-me Big Guns e Blondie. Olhei para Shocker. — Coloco os meus rapazes à volta do edifício para o caso de Diep enviar os seus cavaleiros para cá.

— Aqui para quê? — Shocker disse em pé. — Para ter os seus traseiros entregues a eles novamente? Nós vamos lidar com eles.

Big Guns sorria cromado. A lembrança de seu ataque feroz ao 211 saiu num grunhido divertido. — Eu tenho a certeza que você vai. Mas eu duvido que eles vão querer chegar perto o suficiente para isso novamente. Eles tentarão te derrubar num drive-by.

Eu fiz uma careta. O apartamento não é mais seguro. Nós vamos ter que nos mudar. Eu sabia que isso era uma consequência possível, então me preparei para isso. Só não queria fazê-lo tão cedo no jogo. — Porra. Alguma ideia de como eles nos rastrearam?

Ele assentiu. — Vietech.

Os olhos de Blondie se arregalaram com alarme. — Isso não é bom.

— Quem é o Vietech? — Ace perguntou, parado ao lado da sua garota. Perry saiu da cozinha, cruzou os braços e ouviu.

Blondie olhou para Ace. — Hacker da Tiger Society. Ele mora em Nova Orleans. MIT graduado, mestre em ciência da computação. Ele é um representante do design de spyware de primeira linha.

Ace deu um meio sorriso arrogante, um piscar de olho. Ele não ficou impressionado. — Nunca ouvi falar dele. Claro, estou fora de jogo há um tempo. — Ele falou como hackers criminais importantes eram um videogame. Gostei mais dele a cada minuto. — Um amador poderia ter nos rastreado aqui. Existem câmaras por toda a área. Ele poderia ter encontrado os seus rostos e depois os correu através de vários bancos de dados para identificação. Deveríamos fazer uma campanha para mantê-lo ocupado? — Os seus dedos digitaram o ar, ansiosos para se envolver em guerra cibernética.

Os lábios de Blondie se curvaram. — Vamos fazer isso. — Ela se virou para olhar para mim e colocou a mão no meu peito. O meu Johnson notou um calor formigante se espalhando por seu toque. — Vamos até à garagem para ver se conseguimos localizar o Vietech e fechá-lo. Precisas de mim para alguma coisa?

Eu balancei a minha cabeça. — Eu vou te ligar.

Ela me beijou e abraçou Perry. Ace a seguiu pela porta da frente depois de abraçar a garota-animal.

Big Guns olhou para mim e apontou a cabeça para a porta. — Você quer que eu a acompanhe? Posso pedir que Gat e Vu sigam.

— Não. Sem ofensa, grandão, mas eu não quero que vocês saibam onde fica a garagem. Ainda não. — Eu cruzei os meus braços. — Assim como você tem informantes na Tiger Society, eles certamente têm ratos na Família Dragão.

Big Guns assentiu. — Verdade. É um negócio cru.

— Eu pensei que íamos fazer reconhecimento ou algo assim. — Disse Bobby do sofá. — Sim. Eu não me sinto bem apenas sentado aqui. Este lugar foi comprometido. — Acrescentou Shocker, sentando-se ao lado de Big Swoll.

— Vamos. Primeiro, vamos considerar o nosso próximo modo de ataque. — Sugeri. Big Guns olhou pela janela atrás da TV, certificando-se de que a sua equipa estivesse alerta. Ele se virou e sentou na cadeira. Eu olhei em volta para todos. — A Tiger Society tem uma raquete em dezenas de empresas em Biloxi e D'Iberville. O Two-Eleven e o OBG cobram 'taxas de proteção' todas as sextas-feiras. Acho que devemos atrapalhar a sua busca.

Os olhos de Big Guns tinham escurecido. Ele disse: — Eles não têm honra. Eles recebem e não devolvem nada.

Shocker soltou um suspiro, os braços firmemente cruzados sob os seus peitos. — A Família Dragão tem raquetes de extorsão assim?

Big Guns olhou para ela. Uma veia pulsou na sua testa. Voz sufocando a raiva, ele disse: — A Família Dragão costumava fornecer proteção real às pessoas que a Tiger Society está roubando e agredindo. Eles deram livremente, sabendo que usamos parte do dinheiro para beneficiar o nosso povo. Nós nunca os ameaçamos ou vencemos.

A garota-besta parecia envergonhada. — Oh! — Disse ela, os olhos abatidos. Bobby riu e deu-lhe uma cotovelada de alegria.

Coloquei a mão no ombro do Big Guns. — Um gangster honrado. O último da raça. — Ele virou a sua veia pulsante em mim. Eu ignorei isso. — Os grunhidos da Tiger Society fazem as pick-ups, quando? Hoje é sexta-feira.

— Por volta das cinco, no Ville. Depois chegam a alguns lugares na Division Street e na Popps Ferry Road.

Eu olhei para o meu relógio. 16:40. — Oportuno. — Eu disse para eles como se não tivesse planejado isso ontem. — São dez minutos de carro até ao local onde quero atingi-los.

— Qual é o plano? — Shocker perguntou. Ela e Bobby estavam de pé, prontos para cuidar dos negócios. A conversa de pessoas sendo extorquidas colocou aquele fogo de volta nos seus olhos.

— Esperamos até que eles coletem de todos, depois os assaltamos. Vamos espancá-los por suas transgressões e devolver o dinheiro às vítimas.

— Tudo Robin Hood, e merda. — Disse Bobby sorrindo.

O seu peito flexionou, os músculos pulando de forma impressionante. Big Guns parecia que ele queria desafiar. Bobby deu ao gangster do Viet uma expressão que convidava, a qualquer momento, homenzinho.

— Bom plano, senhor presidente. — Shocker bateu juntas comigo.

Eu sorri para ela. Os meus caninos estavam especialmente afiados. — O presidente diz, vamos cavalgar.

Todos agradeceram a Perry pela refeição. Ele reiterou a sua oferta de primeiros socorros. — Eu sei que vocês vão precisar. — Disse ele saindo pela porta. Shocker esfregou os seus ombros com cicatrizes. Esfreguei o meu antebraço, uma lembrança de um pedaço com três bêbados. Garrafas de licor quebradas meio que doem. Tentamos não agredir as costas de Perry enquanto ele entrava no seu veículo. O grande bloco 454 empurrou o GMC '49 para longe com lindas ondas berrantes de som turbo.

Tranquei o apartamento depois que todos saíram, apertei alguns botões no meu telefone para definir o alarme. Se alguém aparecer aqui, as câmaras ativadas por sensor de movimento enviarão instantaneamente um vídeo do invasor ao meu BlackBerry. Nós quatro saímos para cumprimentar a crew do Big Guns, seis membros da Família Real, um subconjunto da Família Dragão. O líder deles disse para eles se retirarem. Eles seguiram as ordens como profissionais e três Hondas enganadas roubaram segundos depois. Entramos no Prelude.

O Big Guns levou o seu tempo a levar-nos a D'Iberville. O sol ainda estava quente, a brisa a entrar pelas janelas abertas mal chegava para nos impedir de suar. Os telhados dos edifícios de um e dois andares por onde passámos foram distorcidos pelo ar a fervilhar. O centro da cidade de D'Iberville estava em plena expansão, os carros a deslizar pelos parques de estacionamento como bactérias numa placa de petri, embalados no trânsito da hora de ponta, as pessoas a sair do trabalho e apressando-se para o seu estabelecimento de preferência.

Big Guns apontava para uma fila de negócios à nossa esquerda, uma longa praça com cafés e tipografias, vários restaurantes orientais e lojas de vestuário. Ele disse: — Os vietnamitas são os donos da maioria deles. Costumávamos coletar doações deles. Mas isso mudou. Eles alegam que não podem mais doar agora e penduram a cabeça em vergonha com a mentira. Eles o entregam à Tiger Society agora. — Ele agarrou o volante audivelmente, mãos marrons douradas empalidecendo.

Eu vi os edifícios do banco do passageiro, planeando. Shocker alcançou o assento do motorista e apertou com força o braço de Big Guns. Numa voz misturada com o que estamos prestes a dar um pontapé no traseiro, ela disse: — Nós vamos ter que mudar isso.

Ele olhou para ela pelo espelho retrovisor, mostrando determinação prateada. Droga, ele grunhiu, sentindo a energia dela. A garota-besta teve esse efeito em mim também. Ela vibrava força bruta, esquisita, rápida. Por algum motivo, ela me fez querer fazer melhor. Em tudo. Mais uma vez senti um cobertor de euforia por trabalhar com ela.

— Vamos estacionar por ali. — Eu disse apontando para uma pequena área gramada atrás de um posto de gasolina. — Podemos sair e nos soltar.

O Big Guns grunhiu em reconhecimento, virou à esquerda sem pestanejar, e nós ousámos através de um cruzamento, zumbindo um turbo compressor de 400hp que vibrou os nossos corpos de uma forma muito gratificante. Passámos por bombas BP, a frente da estação com janela, e virámos para o local de estacionamento mais próximo da parte de trás do edifício de tijolos brancos. Abrimos as portas de asas de gaivotas e subimos, ignorando os adolescentes que nos abanavam e o carro.

Examinei a área para garantir que pudéssemos observar sem sermos observados. O posto de gasolina ficava no final da praça, na esquina de um cruzamento. A relva atrás dele era ajardinada por passeio de concreto, um triângulo de relvado com tanque de propano e compressor de ar numa gaiola para uso dos clientes. O prelúdio estava fora de vista. Demos a volta na esquina, ficamos na relva e estudamos a cafeteria no outro extremo da praça. Eu disse: — Os traficantes de cafeína são atingidos primeiro. Esperamos até que eles recebam de todos e depois os atingimos. Ok? — Eu olhei para Shocker. —Eles vão agredir os donos por princípio geral. Você tem que deixar isso acontecer.

— Vou tentar. — Disse ela, depois suspirou com ceticismo. Eu tinha a sensação de que alguém teria que agarrá-la para impedi-la de interferir.

Não vou ser eu...

Bobby agarrou um dos punhos. — Então eles os atacam? Por que não os tiramos antes que eles comecem a coletar?

— Temos que conquistar o povo. — Eu disse. — Em contraste. A alegria é melhor sentida após a discussão. — Eu olhei para o meu amigo Vietnamita.

Ele resmungou de acordo. — Será uma lição para todos. Seremos mais fortes depois. É o nosso caminho.

A espera foi péssima. Finalmente, um Acura dourado entrou na praça e parou na frente do café, impedindo a saída de vários carros. Três tipos saíram, bandidos vietnamitas em roupas e joias bonitas, cabelos elegantes, um com boné. Carrancas hardcore estreitando os olhos criminosos.

Eles gesticularam e insultaram os clientes que tentavam sair.

— O motorista ficou no carro. Parece que eles vão roubar o lugar. — Disse Shocker, com os dentes à mostra. Eu podia sentir uma mudança a começar a ultrapassá-la.

— Eles vão. — Eu disse — E nós vamos roubar os ladrões.

Ela me deu um olhar impaciente. — Eu não gosto disso.

— Nós esperamos.

O meu tom imperativo fez com que os seus olhos se estreitassem para mim, *eu também não gosto disso*.

O trio de bandidos saiu da loja alguns minutos depois, um deles a olhar em volta, os outros dois a segurar grandes copos e caixas de pastelaria a que se tinham ajudado, rindo, gritando de volta pela porta aberta em vietnamita. Entraram no carro. Os pneus traseiros do Acura ladraram, conduziram uma curta distância até um pequeno restaurante especializado em comida oriental.

— Deveríamos parar com isso. — Bobby murmurou. Shocker ergueu as sobrancelhas para mim. Quando Big Guns grunhiu exasperado, Big Swoll disse: — O quê? Eu gosto de comer lá. — Ele balançou a cabeça enorme. — Isso não está certo. — Ele se virou para observar os nossos alvos.

Os mafiosos voltaram a sair do Acura e entraram no restaurante. Um deles esbofeteou o que parecia ser um pato assaltado pendurado na janela do quadro. Vários clientes puderam ser vistos apressadamente a levantarem-se das suas mesas, pagando e saindo. As gargalhadas dos extorsionistas foram cortadas quando a porta se fechou. O motorista bateu com os dedos na cabeça, batendo com os dedos no volante, a frente do carro virada para nós, a sessenta metros de distância.

Passou demasiado tempo. Não os conseguia ver, mas

sabia que algo de mau estava a acontecer dentro do restaurante. O condutor também o sentiu, o seu emperramento entusiástico em pausa enquanto olhava ansiosamente através da janela sem pato. Por vezes, as marcas resistiam, ou os bandidos intimidavam-nos de forma excessivamente zelosa. De qualquer forma, era um problema indesejado para todos os envolvidos.

— Apenas espere. — Lembrei a mim mesmo.

A porta abriu-se subitamente, algum tipo de decoração com contas espalhadas na calçada, partida. Um pequeno homem asiático com um avental branco foi empurrado violentamente para fora. Os três bandidos apinharam no, saindo, um segurando sacos de papel castanho em cada braço. O dono do restaurante estava a suplicar-lhes, voz alta, rápido. O maior dos bandidos esbofeteou-o e eu tive de agarrar os braços de Shocker para a segurar. Apeteceu-lhe agarrar um saco de pitões, ela escreveu e viu, à beira da erupção, duelo pelo controlo do seu drogado de luta interior, ombros a pulsar sob o meu controlo.

O condutor acenou aos seus camaradas impacientemente, verificando constantemente os espelhos se aparecia a polícia de D'Iberville. Os três idiotas riram-se do homem antagonizado, que lhes implorou que não levassem o que quer que estivesse dentro das malas. A maior das nossas marcas deu um murro no estômago do pobre coitado, atirando-o ao cimento, abraçando o seu avental de forma lamentável. Uma senhora mais velha veio a trotar pela porta gritando em vietnamita, atirando rolos de pão aos capangas que atormentavam o marido. O maior idiota virou-se e deulhe um murro na cara. Ela gritou em silêncio, caindo fora de vista, por dentro.

— Foda-se. — A garota-besta rosnou para mim e para os dois. Ela arrancou as minhas mãos da dela e explodiu, correndo na sua direção, juntas de bronze aparecendo em seus punhos.

Bobby trovejou um animado: — Vamos apanha-los!

Big Guns grunhiu, virado para preparar o carro para uma saída rápida.

Rodei um dedo no Big Swoll. — Vamos apressar-nos. — Disse eu, a fazer uma corrida.

Não fazia ideia que Shocker pudesse correr tão depressa. Mas não devia ter ficado surpreendido. Ela atravessou o cruzamento como o Super Frogger, e correu pela calçada em frente dos negócios mais depressa do que acreditava, pernas embaçadas.

O condutor viu-a primeiro. Ele não teve tempo de gritar um aviso antes de ela estar sobre eles. O maior idiota apanhou o pior de todos. Ela bateu-lhe com uma mão direita que tinha todo o seu peso e velocidade atrás dela. A pancada de latão e o lamento de dor foi ouvido por todos na praça. Os compradores ficaram a olhar enquanto os seus braços voavam a direito, a cara distorcida em ferimentos de surpresa, o seu rabo a bater numa tampa de drenagem de ferro com força suficiente para se expandir como um enorme tambor de latão. Era tudo para ele, ele estava fora do jogo, destinado à sala de emergência. Deitou-se de costas, exalando para dormir.

A chocar com um pivô-zeroing em seus próximos alvos. Não sei o que mais lhes fazia passar-se: se porque estavam a ser atacados ou porque era uma rapariga a fazê-lo. Eles estavam perdidos pelo tempo. Shocker fechou-se sobre eles com uppercuts e ganchos, os seus pés e punhos no tempo, ombros e ancas rolando como mecanismos hidráulicos. Os seus braços subiram para tentar bloquear o seu assalto, mas eram simplesmente demasiado lentos e sem treino. Os seus murros metálicos encontraram olhos de touros bem abertos.

Voltaram para trás e depois para baixo, faces rachadas e vazando, um deles bateu num estado semiconsciente por um gancho no queixo, torcendo o pescoço repentinamente, bruscamente.

As nossas botas pararam na frente do Acura. Coloquei as minhas mãos na minha cintura e reclamei: — Droga. Você não deixou nada para nós. — O motorista ficou boquiaberto para mim, para o enorme tipo preto que se erguia na frente do carro. Nos seus amigos deitados na calçada. Ele olhou para a garota-besta, aterrorizado demais para tomar uma decisão.

A lutadora lendária virou os olhos desumanos para mim. — Foda-se. — Ela rosnou. Ela voltou a sua atenção para os seus alvos, punhos enrolados. *Será espuma no canto da boca?* As suas respirações eram lentas e medidas, o seu foco assustador intenso. A marca começou a se arrastar para trás, passando por cima do homem de avental, tentando desesperadamente colocar distância entre ele e o predador.

— Ah, não, não. — Disse Bobby ao motorista. Ele agarrou o gângster assustado pela janela aberta do motorista e o arrancou do carro, a testa batendo forte no pilar da porta. As perguntas tagarelas do tipo se transformaram num grito de dor de garganta quando Big Swoll girou e jogou a sua captura na janela de retrato do restaurante. Foi tão incrivelmente engraçado porque Bobby superou o sujeito em 50 quilos, a sua enorme parte superior do corpo lançando sem esforço o bandido como um saco de comida de cão fora de validade. Os gritos continuaram através do vidro explodindo, silenciando quando ele colidiu com o que quebrou dentro do restaurante. A mulher reviveu com esse caos adicional, de pé trêmula, os seus gritos mais uma vez ecoando pela praça.

— Opa. — Disse Bobby, estremecendo. — Desculpe. —

Eu ri de prazer quando o seu grande traseiro subiu na calçada, ajudou o avental a se levantar. Espanou as suas costas para ele. — Desculpe pela sua janela.

O homem olhou à sua volta de forma selvagem, acenando com a cabeça, abanou mal. Ainda a agarrar o estômago, embaralhou para dentro e colocou um braço à volta da sua mulher, que continuava a fazer sons de terror muito irritantes. Olharam para nós como se não fôssemos reais. *De que planeta vieram vocês, monstros?* os seus olhos arredondados e lábios trémulos emocionados.

— É tarde demais para isso. — Bobby disse ao tipo que se afastava de Shocker. O bandido agarrou-se fraco à frente da sua cintura, puxou a camisa para cima. A besta-mulher perseguiu-o calmamente, permitindo-lhe pensar no que estava para vir. Os seus punhos agarrados em glória venenosa. Os olhos ficaram insanamente acesos. Ela pôs-lhe um Nike Shox cor-de-rosa na mão a apalpar a arma. Empurrada para baixo com dureza. Murmurou algo que significava dor.

Vendo que Shocker não estava em condições de dar um discurso, eu me aproximei dela. Apontei e ri da vítima. — Você parece fodido. — Observei. Ele engasgou, os olhos agonizados. Ela empurrou com mais força, esmagando mais do que a mão dele.

Ow, meu Johnson se encolheu.

Os dedos dele se arregalaram. Ela desistiu e as mãos dele dispararam para os lados da cabeça em sinal de rendição. Eu o cutuquei. — Não é o seu dia, amigo. O seu chefe colocou você num cargo de alto risco. Você deveria reclamar.

— Espero que você tenha seguro de saúde. — Disse Bobby, arrastando o tipo que jogara pela janela para a calçada.

— Quem? Por que... — Gargle, tosse. Ele esfregou a garganta, e eu percebi que ele deve ter levado um soco ali.

Eu levantei um dedo. — Cale a boca. Eu vou falar. Você vai ouvir, ou a garota-besta abrirá os seus ouvidos para você. Entendeu? — Os olhos e as narinas de Shocker brilharam para mim, garota fora??? Foda se isso! Eu a ignorei.

O outro gângster desistiu de se arrastar, caiu na frente de uma loja de roupas, respirando com dificuldade. Eu sorri na sua direção, muito satisfeito. Olhei de volta para o idiota na nossa frente. — Eu quero que você passe uma mensagem...

VII. UM POUCO TARDE

— Então perguntei-lhe com quantas raparigas andava ele a foder. Eu estava tipo, queres estar comigo? As outras raparigas têm de ir. — Disse Blondie a Shocker.

— Você poderia ter dito tudo isso sem eu estar aqui, você sabe. — Apontei. E fui ignorado.

Shocker a picava para mais fofocas. — O que ele disse? Quantas? — Ela olhou para mim, uma pitada de desaprovação enrugando o nariz.

Blondie sorriu maliciosamente, olhou para mim. — Ele abaixou a cabeça como um idiota e murmurou. — Ela aprofundou a voz para me imitar. — "Duas".

— Ei, eu não murmuro assim. — Mais uma vez, fui ignorado. Bobby e Ace, me flanqueando no pequeno sofá, estavam quase sem fôlego de tanto rir. Por que isso é tão engraçado? Eu a convidei para sair e ela estabeleceu regras. — Ha! Ha! Foda-se vocês dois.

Os bastardos riram ainda mais.

Shocker deu um — Ha! — Disse que sabia que eu estava cheio de porcaria. — Você não acreditou nele, é claro.

— Inferno, não. — Havia quatro ou cinco raparigas no

ginásio a fingir fazer exercício enquanto competiam pela sua atenção. Eu sabia que ele estava a fodê-las assim que entrei pela porta. *Duas????* Certo. Eu apenas olhei para ele e ele finalmente disse, "Três". Continuei a olhar fixamente, dei-lhe o olhar "Sim, certo". — Ela demonstrou, mão dobrada na cintura, sobrancelhas curvadas em ceticismo. — Ele precisava de ser honesto se me quisesse e ele sabia disso. Ficou todo nervoso e cagou-se todo. Depois rosnou para mim, 'Muito bem! Seis, está bem?'

Ela riu, tirou os cabelos dos ombros.

— Seis? — Shocker olhou para mim com nojo. — Seu porco.

— É Senhor Presidente Porco para você, aberração de garota-animal.

Ela balançou a cabeça e olhou para Blondie. — Vocês se conheceram numa academia? — Ela se recostou na cadeira atrás da mesa. Uma brisa entrou pela porta do barracão, mechas de cabelos escuros sobre os olhos castanhos.

— Sim. Eu tinha acabado de sair da prisão. — Blondie deu a volta ao drone, clicando nos saltos, compondo a história de como nos conhecemos. Eu tentei sofrer em silêncio. — Fui a este ginásio para trabalhar com algum stress e vi um punho de rapaz rasgado a dançar num saco pesado. Ele parecia ser uma má notícia, mas pensei que podia impor a minha vontade e talvez transformá-lo em algo. — Ela empurrou um ombro para cima, sorrindo por trás, e soltou um som feminino agudo que fez a minha pele aquecer. — Além disso, eu queria que ele me ensinasse boxe.

— Novamente. Estou bem aqui. Pensei que as meninas deviam fofocar sobre os seus homens quando não estivéssemos presentes. — Eu apontei para eles. — Observe a etiqueta adequada.

Eu recebi um "Pfff" da garota-besta.

Shocker assistiu Blondie em suspense. Bobby e Ace tentaram fingir que não estavam aqui, embora as suas risadas mal contidas meio que estragassem tudo. Eu senti como se toda a gente estivesse me atacando e queria muito estar num outro lugar. Shocker perguntou: — Então ele deixou de ser um playboy para estar com você? — Blondie assentiu com satisfação. Shocker me olhou, ainda desconfi-ada, protetora da sua nova amiga.

Oh, isso é maravilhoso, o meu subconsciente suspirou.

— Por que você esteve presa? — Ela perguntou a Blondie.

A minha garota deu um flash brilhante de dentes que eu não pude deixar de retornar, a pele formigando dentro do calor. Finalmente terminamos de falar de mim. Eu espero. Ela disse: — Eu tive que promover um livro.

— Um livro. — Disse Shocker lentamente. Ela olhou para mim. — Livro de sexo?

Eu balancei a minha cabeça. — Não. Um romance sobre uma garotinha que é assassinada por alguém da família dela. É bom. Eu li duas vezes.

— Um mistério de assassinato. — Confirmou Blondie.

— Você é escritora? — O ceticismo de Shocker era palpável.

Ela encolheu os ombros. — Eu queria ir para a escola para isso, mas os meus pais não me apoiavam. Escrevi o Diário de Leslie durante o meu último ano do ensino médio. Como não consegui ajuda para publicá-lo, publiquei na Internet. Eu não sabia nada sobre marketing de romances e não podia vender muitos. Mas eu sabia como me vender. — Ela inconscientemente entrou numa pose sexy. Minha língua decidiu molhar os meus lábios por algum motivo. Ela continuou. — Eu precisava chamar a atenção da mídia, por mais que pudesse. Então, apanhei uma acusação de agressão e fui para a cadeia.

— Assalto? — Ace perguntou. — O que você fez?

Ela sorriu com a boa lembrança. — Eu chutei na cara de um polícia, depois o borrifei com o seu próprio spray de pimenta.

— Minha heroína. — Bobby murmurou. Shocker e Ace sorriram animados. Fiquei impressionado com o entusiasmo deles por um polícia ser agredido.

Blondie absorveu, a bunda sexy e sensual, quase enfeitando. — Os jornais imprimiam todo tipo de lixo, como 'Filha de advogados procminentes na cadcia por agredir polícia'. — Ela deu um grito exaltado.

— Você tem pais? — Eu disse, então. — Você tem pais que são advogados??? — Não admira que ela compartilhe a minha aversão a advogados...

Ela fingiu que eu não tinha dito isso. Toda a gente olhou para mim como se eu fosse um completo trapaceiro.

Blondie disse: — Sabia que os meus pais não me iriam ligar depois da luta que tivemos. Ir para a merda da faculdade de direito? Sim. Por isso, cumpri três meses no condado, sem problemas, uma delinquente pela primeira vez. — Ela apertou os lábios e disse: — Eu tinha um plano para o rabo deles. Mandei a minha rapariga abrir uma dúzia de contas de e-mail e contactar repórteres noticiosos. Ela disfarçou-se de todo o tipo de pessoas, corpulentos bíblicos, corpos ocupados, donas de casa, etc. Estes "cidadãos preocupados" queriam saber quão violentos e potenciais assassinos de polícias estavam a vender livros enquanto se encontravam na prisão. Ficaram indignados com a ideia de os prisioneiros ganharem dinheiro enquanto pessoas livres e tementes a Deus tinham dificuldade em encontrar emprego. Tinha acabado de haver uma história sobre prisioneiros com telemóveis no MySpace, pelo que os prisioneiros eram uma questão actual. Os guardas da prisão me abalaram quase todos os dias depois disso. Eles ficaram chateados com os repórteres pedindo saber como eu recebi um telefone e como eu estava administrando um negócio enquanto deveria ser punida por agredir um polícia. — Ela riu, pressionando a mão entre seus peitos. — Descobri que uma dúzia de cidadãos tementes a Deus, mesmo os fictícios, pode causar uma resposta infernal da aplicação da lei e da mídia.

— Eu pensei que você não vendeu nenhum livro? — Shocker perguntou.

Blondie deu um sorriso desonesto. — Eu não tinha. Mas eles não sabiam disso. Todos aqueles milhares de pessoas que viram a história na TV ou nos jornais não sabiam disso. De repente, centenas de cópias do Leslie's Diary começaram a vender. O nome dos meus pais chamou muita atenção e as pessoas em geral queriam ver o motivo de toda essa confusão. Quando me soltaram, eu já tinha ganho mais de sessenta mil dólares.

— Whoa! — Disse Ace.

— Bom! — Concordou Bobby.

— Hmm. — As sobrancelhas de Shocker franziram. Ela estava a ter problemas para aceitar o trabalho de Blondie como algo legal. Ela manteve uma expressão em cima do muro e disse: — Uma forma relativamente barata de comercializar um livro. O que os seus pais disseram?

— Não sei. Não nos falamos há onze anos.

— Ei. — Eu queria saber. — Quando é que conseguiu os pais?

Ela revirou os olhos. Olhou para Shocker. — Enfim. Foi assim que conheci Meat-Head e entrei no crime.

Os traços de Shocker diminuíram, sua voz baixa, recuperando da memória. — Você me lembrou de algo que o treinador costumava me contar, uma lição que ele deu a todos os profissionais com quem trabalhou. — Ela limpou a garganta e fortaleceu a voz. —'Não importa se eles compram um bilhete para vê-lo ganhar ou compram um bilhete para vê-lo perder. Contanto que comprem um bilhete.' — Ela soltou um suspiro pesado.

Blondie tentou sorrir, mas vacilou, lembrando que também foi seu treinador, e ele não estava mais por perto para transmitir tanta sabedoria. — Sim. Parece Eddy. Foi basicamente o que eu fiz para promover o livro. Publicidade ruim ainda é publicidade.

— Como você entrou no crime, Razor? — Bobby me perguntou, afastando a conversa das lágrimas.

— Aprendi a trabalhar nos carros com os motoqueiros que me criaram. Eu os roubei. Vendi.

— Vendeu eles? — Ace solicitou.

— Às vezes eu trocava placas VIN e apenas vendia os veículos roubados. Então, descobri uma fraude melhor. Colocava anúncios na Internet alegando que tinha carros de luxo, carros da BMW, Mercedes, dessa classe. Postei fotos aleatórias. Encontradas na Motor Trend para fazer com que os anúncios parecessem legítimos. As pessoas me ligavam e negociavam. Às vezes levava uma semana ou duas, mas eventualmente alguém oferecia dinheiro para conseguir um acordo melhor. Eu os encontrava em algum lugar e aceitava.

— Então você nunca teve os carros? — Ace perguntou.

— Não precisava deles.

— Whoa! — Ele respirou.

A cabeça de Shocker balançou em desaprovação ao longo da minha história. Ela me disse: — Que vergonha. Todo esse talento foi desperdiçado com golpes.

Eu a assaltei. — Ok, Srta. Goody Pooh Shoes. Eu não estou te incomodando por escapar da prisão e ser um frequentador regular dos Most Wanted da América. Não enfie o nariz onde não é chamado.

Ela ainda balançou a cabeça, mas sorriu. Riu. — Excusez-moi, senhor presidente.

— Querida. — Ace disse para a garota. — O grande tanque de ébano lançou realmente alguém através de uma janela?

Ela olhou para ele e assentiu, à beira de uma enorme risadinha. — E eu pensei que estava bravo com esses tipos. Bobby puxou aquele idiota para fora do carro e o lançou como uma fralda suja.

— Foi um acidente. — Disse Bobby defensivamente. — Eu disse ao homem que pagaria pela janela dele.

— Ele realmente vai pagar por isso, hein? — Eu disse para Shocker. Ela assentiu com um toque orgulhoso de seus lábios.

Eu me virei para Bobby. — Eu não suaria, grandalhão. Esse tipo ficou feliz em receber de volta o presente de aniversário da filha. Ele é bom.

Shocker franziu a testa. — Não acredito que esses idiotas usaram um monte de bijuterias.

— Era valioso? — Ace perguntou.

— Para eles era. — Eu disse. — Para a filha de oito anos, isso não tinha preço. Esses bandidos provavelmente consideraram isso cruel. Eles teriam lançado fora.

— Filhos da puta. — Disse Blondie com sentimento. — Conseguiram o que mereciam. — Ela ficou em silêncio, parecendo um pouco magoada por perder toda a diversão. Ela apontou o queixo delicado para mim. — Onde está o vídeo, Raz? Eu quero ver.

— Big Guns gravou uma parte do carro. Está no telefone dele.

Ela assentiu, obrigada, e pegou o telefone da mesa para enviar uma mensagem para o seu amigo vietnamita.

Eu olhei pela porta. As luzes da rua bem abaixo de nós estavam inundando o chão com tons alaranjados misteriosos por mais de uma hora. O barulho do tráfego pesado de sexta à noite ecoou pela garagem, condomínios atrás de nós, no céu aberto, azul escuro e roxo, nublado e sem lua sobre o Golfo. Uma premonição absorveu os meus pensamentos enquanto eu inalava o ar frio, um dos cautelosos. Eu levantei e saí. Olhei em volta, sabendo que não veria nada além do teto da garagem, dos nossos veículos, do ar aberto além de suas bordas. Estou a esquecer de alguma coisa?

Decidi dar uma vista de olhos rápida nos monitores de vigilância, caminhando até o outro barraco, o laboratório. Peguei a maçaneta da porta e a porra da energia acabou. A escuridão repentina dentro do zangão silenciou o meu esquadrão.

— Esqueceu-se de pagar a conta, senhor presidente? — Shocker disse, andando ao meu lado. Todos a seguiram, Blondie parecendo assustada, eles sorrindo.

O humor deles desapareceu quando viram o meu rosto.

— Eles estão aqui. — Eu disse a eles, tenso, músculos prontos para a ação.

— Como você sabe? — Shocker disse, também totalmente alerta.

— Porque eles desativaram o gerador. — Eu me virei e corri os seis metros até a entrada do telhado. — Sabe que deveria ter instalado um gerador aqui em cima, seu MFer estúpido. — Eu me ridicularizei. *E você deveria estar monitorando as câmaras também...*

Parei em frente à entrada quando a grossa porta de aço se abriu e começou a deslizar. A minha mente disparou. Como eles o desbloquearam? Fonte de energia remota conectada ao circuito do teclado. Eles têm um profissional que invadiu o código... Eles têm armas? *Claro que sim, idiota!* Eles sabem muito bem que não podem vencê-lo com as mãos!

Eu não tive tempo para pensar numa defesa, ou mesmo correr para a corda repelente que mantemos amarrada perto da borda do telhado (que era uma jogada do capitão Jack Sparrow que eu nunca faria). A minha única hipótese era tentar enganar o meu caminho para a morte imediata. Como eles nos encontraram? Eu não poderia culpar ninguém além de mim mesmo. Eu sabia as consequências de trabalhar com uma equipa. É por isso que nunca o tinha feito antes.

A porta parou, totalmente aberta. — Olá, amigo. — Disse à caneca de Diep e à meia dúzia de pistoleiros à sua frente, pistolas semiautomáticas a cintilar a morte nas suas mãos tensas.

Diep não respondeu à minha saudação. Eles empurraram pela entrada. Eu dei um passo para trás, com as palmas das mãos viradas para eles. Os gângsteres espalharam-se à minha volta, três deles a puxar para baixo na minha tripulação. Os outros três apoiaram Diep, o seu líder incensado que me encarou com uma fome assassina. Olhei com cuidado para os barris de armas. Olhei para o Tigre Ancião. O seu braço direito estava engessado até ao cotovelo, de fibra de vidro azul escura. Os hematomas destacavam-se à volta dos seus óculos de sol, barba no queixo tornando a sua boca notavelmente impiedosa. Os seus óculos deram uma olhadela ao olhar zangado da minha tripulação. Disse-me ele: — Razor. O famoso vigarista e campeão de boxe.

— Aposentado e aposentado. — Eu disse amigavelmente.

— Então desistiu do jogo da confiança para se meter em

raquetes de extorsão? Parece-me estranho. Recebi a sua mensagem. Convenceu-me de que era realmente um novo bando rival. Até que a minha investigação descobriu a verdade. — Ele apontou para um de seus subordinados, um gângster musculoso num traje azul de aquecimento. Ele olhou para o chefe com olhos redondos, um rosto sardento e misto. Diep disse a ele em tom desapontado: — Phong. Anh em cua may bi mat mac. Que phai ponha mac cha lai.

Meu cérebro ouviu: — Phong. Seus irmãos perderam a cara. Você tem que enfrentar o nariz e a cara.

Phong, o líder do 211, avançou e apontou-me a sua arma à cabeça. Foi rápido, mas eu vi o a passar pelos olhos do modo de luta e recuei, com o braço dele a escovar o meu. Verifiquei-me a mim próprio desde os murros do contador e empurrei-o para longe. Phong balançou novamente, mais depressa, desapareceu sem eu me mexer, a raiva avermelhou-lhe a cara, o pescoço, os braços.

Eu dei a Diep um olhar de reprovação. — O quê? Você acha que eu só vou ficar aqui e deixá-lo me bater?

— Você está certo, é claro. O que eu estava a pensar? — Diep olhou para Phong. — Atire na perna dele.

— Não, você não vai! — Blondie gritou, passando pelos bandidos apontando armas para ela. Eles gritaram na sua língua estrangeira, a agarraram, e eu acenei para ela que estava tudo bem antes que ela os atacasse ou atirassem nela.

Olhei para Phong, que se assemelhava a Bolo Yeung dos meus filmes favoritos de artes marciais. As minhas pernas esmagaram-se desconfortavelmente. Ele sorriu para mim, levantou a arma. Fez pontaria cuidadosa e deve ter pensado que eu ficaria ali parado e deixaria que ele me tapasse. O que se passa com isso?

Ele apertou o gatilho enquanto eu ousava para o lado. O estrondo sónico da bala foi engolido pelo ar livre, a bala tirando um pedaço do betão mesmo atrás de mim. Phong olhou para Diep, aprofundou o seu rosnado e espremeu mais dois tiros nas minhas pernas. Os anos de exercícios de boxe permitiram que as minhas pernas se movessem e mudassem de direção de forma muito explosiva. Mas não tão depressa a ponto de evitar uma lesma de 9 mm a mover-se a 1200 pés por segundo.

O primeiro falhou, fazendo ricochete no betão, fazendo os gangsters à volta de Blondie recuar enquanto ela gritava sobre a choradeira da bala através do ar. O segundo tiro acertou-me na canela esquerda, falhando por pouco o osso. Fez um buraco na minha perna e saiu do lado da minha perna, enviando uma mensagem ao meu cérebro para exigir que eu saltasse para cima e para baixo e gritasse de dor. Obriguei-me, saltando com um pé, a gritar maldições estridentes, e Phong avançou com um balanço inspirado da sua arma, o cano quente batendo no meu osso da bochecha, a chiar-me o lábio. Fui ao chão.

— Rarrr... — Eu chupei os dentes cerrados. Tentei controlar a minha respiração, segurando a minha perna acima do ferimento, como se isso parasse de doer. O lado positivo, parecia tão ruim que nem senti o meu rosto inchado.

— Agora. Isso foi melhor. — Disse Diep, como se estivesse treinando um cachorro para sentar no comando.

— Seu pedaço de merda. — Disse Shocker ao chefe dos vietnamitas. Através da minha visão trêmula, notei que a garota-besta estava tão empolgada que brilhava como uma espécie de anjo esteroide. Eu esperava ver as asas aparecer de suas costas musculosas e se dobrando de raiva. Ace observou-a e as armas apontadas para ela, aterrorizadas, apertando a mão dela com força no pulso.

Concentre-se no problema em suas mãos, minha perna

latejava. Olhei para a minha garota para ter certeza de que ela estava bem. Ela me observou com tanta atenção, pronta para ficar louca por qualquer indicação minha. Bobby estava atrás dela, cabeça e ombros mais altos, mãos enormes segurando os seus braços, mais para consolo do que para contenção.

— Fique de olho no atirador de elite deles. — Disse Diep a seus homens. Ele olhou atentamente para Bobby, Ace. — Foi um de vocês? — Ele ergueu o gesso, esfregou-o com a mão boa, unhas perfeitamente cuidadas, relógio de ouro reluzindo em riqueza. — Por alguma razão, duvido.

Ele olhou em volta do telhado lentamente, voltou a sua atenção para uma varredura metódica do prédio do condomínio atrás da garagem. Ele pegou no telefone. Discou e falou com alguém em vietnamita. Foi muito rápido para pegar muito, mas eu entendi. Ele ordenou mais homens para verificar o prédio do condomínio. Quantos deles estão lá em baixo?

Amaldiçoei a minha sorte novamente. Eu me pergunto o que exatamente os levou até nós. Quando éramos apenas eu e Blondie num emprego, pude ver todas as possibilidades quase imediatamente. Com mais pessoas vem mais variáveis desconhecidas.

Problemas. Apenas diga problemas, a picada entre os meus ouvidos desprezada.

O sangue encheu a minha bota, perturbadoramente quente e xarope. A ferida estava molhada e estranhamente entorpecida, mas tocava com fogo como se um grande sino estivesse tocando reverberações de feridas na minha perna e coluna, no meu pescoço dolorido e na cabeça pendente. Eu podia sentir o túnel que estava entediado na minha perna. Ele me disse que, se tentasse levantar ou flexionar o pé de alguma forma, me arrependeria seriamente. O meu pescoço estava tão duro que a fala parecia impossível. Noutras palavras, é improvável que eu possa lutar ou sair dessa agora.

— Maravilhoso. — Ofeguei.

— Não é? — Diep virou-se para sorrir para mim. — A vingança é melhor servida fria, e assim por diante.

— Como você nos encontrou? — Eu tentei rosnar. Saiu um chiado baixo.

Os seus olhos quase se fecharam de prazer e eu reconheci os sinais reveladores de um zumbido de analgésico. O hospital provavelmente deu a ele Demerol, o sortudo. Ele estava muito drogado. Talvez ele cometa erros... Ele falou com uma voz irritante, eu te superei. —Uma foto dela. — Ele apontou para Blondie. — De pé, seis andares acima, neste telhado, com um estupendo pôr-do-sol sobre a água atrás dela. — Ele acenou em grande na direção do Golfo, o céu negro e o pôr do sol bem passado. Ele balançou a cabeça e falou comigo como um profissional abordando um amador. — Você realmente deve ter mais cuidado com o que coloca na Internet. As tags geográficas podem ser muito problemáticas.

Eu grunhi com nojo. Portanto, um novo membro da equipa não era o culpado. Eu olhei para a minha garota, furiosa. *Você só tinha que, hum? Eu ligo com você mais tarde.*

Ela baixou os olhos, sabendo que tinha estragado tudo. Ela tinha quebrado o nosso acordo, uma regra vital para a nossa segurança, não tirar fotos ou vídeos onde moramos. O pessoal de Diep nos encontrou por coordenadas GPS registradas nos detalhes de uma foto. Uma maldita etiqueta geográfica. Um erro amador. Ela deve ter postado no Facebook, Instagram ou algo assim.

Diep acenou com o elenco. — Amarre-os. Peguem os telefones deles. — Ele apertou um botão de discagem rápida no seu telefone, segurou-o no ouvido e gritou em vietnamita de fogo rápido, enquanto os bandidos prenderam as nossas mãos atrás de nós com zíperes de plástico e revistaram os nossos telefones.

O sacana que me apalpou encontrou a minha navalha e desengorduraram-na. Virou-ma nas mãos por um momento, sorrindo para as gemas, enfiou-a no seu bolso de trás. Eu disse-lhe, — Eu virei por isso. — Ele fez uma careta e me deu um soco no estômago.

— Amarre a perna dele, filho da puta! — Blondie exigiu de Diep. — Ele vai sangrar até a morte. — Ela me estudou com intensa preocupação, permitindo que as suas mãos fossem amarradas.

Em Ho bufou para ela, depois olhou para Shocker e arreganhou os dentes. A última vez que a viu, ela estava usando um vestido justo e soqueiras. Ele esfregou a parte de trás da cabeça. Acenou com a cabeça e encolheu os ombros. — Você estendeu essa cortesia para mim, então eu farei o mesmo. — Ele estalou os dedos, apontou para a minha perna. — Ele não sofreu o suficiente ainda, de qualquer maneira.

Um dos capangas atrás de Diep enfiou a arma na cintura e tirou várias presilhas do bolso. Ele conectou três deles ponta a ponta e envolveu em torno da minha perna. Eu segurei a minha respiração através da dor enquanto ele a apertava por cima da minha calça ensopada de sangue. Ele pegou sangue no polegar, fez uma cara de nojo e limpou na minha camisa. Eu queria tanto bater nele. Ele se levantou e retomou o seu lugar atrás do seu chefe. O pulso na minha ferida começou a bater nos meus ouvidos, solavancos, você precisa, drogas agora.

Eu brilhei momentaneamente. Eu ainda tenho um pouco de cocaína. Eu não tenho que suportar essa bobagem de dor. Eu posso cheirar até o esquecimento. Inferno, uma bala pode até se sentir bem depois de uma dúzia de linhas.

A antecipar-se, não se consegue chegar a ele com as mãos atadas e as armas apontadas para si, o meu subconsciente apontou. Genial. O que é que vais fazer, pedir um desconto de tempo para refrescos?

— Foda-se. — Eu disse.

Diep deu um sorriso narcótico e me disse: — Temos muito a aprender um com o outro, embora não o façamos amorosamente.

— Amorosamente? Você acabou de me chamar de gay? — Chiei com os dentes cerrados. Estava se tornando uma tarefa manter o foco nele.

— Eu estava tentando ser inteligente, com base no seu comentário vulgar. Mas vejo que você não está com disposição para esperteza. Então, deixe-me ser mais direto. Se alguém está fodido, é você.

— Que tal compartilhar os primeiros de Loratab? — Eu respondi. — Eu sei que você tem um pouco. — Ele franziu o cenho, olhou para o seu elenco. — Se eu vou ser enganado, preciso ser realmente martelado. De preferência, odiado.

— Há! Eu gosto de você, Razor.

— Sim, uh, o meu Gaydar já me disse isso. — Os meus músculos da mandíbula doíam, a ponto de trancar. Eu me senti muito desidratado. Era incrivelmente difícil manter o diálogo, mas eu não conseguia me deixar abaixar sem falar algo antes.

Diep tirou os óculos e guardou-os no bolso, os olhos estreitados em grandes fendas. Eu tinha tocado um nervo. Ele se aproximou rapidamente e plantou o pé esquerdo, mergulhando com o direito, chutando como bola na minha perna machucada. BAM! O golpe me derrubou de lado, as pernas tremendo desajeitadamente. Com os meus braços presos atrás de mim, eu não conseguia me segurar. Estar numa posição tão humilhante na frente da minha equipa me irritou mais do que levar um tiro. Eu segurei um rugido monstruoso de dor e raiva, a mandíbula queimando muito além do reino da normalidade.

— Você chutaria um homem que foi baleado e amarrado. — A voz profunda de Bobby explodiu de raiva. Eu me esforcei para sentar, olhei para Big Swoll, que parecia maior e mais inchado pela minha visão distorcida.

— Seja paciente, quem quer que seja, homem negro. — Diep disse para ele, um leve insulto impedindo as suas palavras. — Você terá a sua vez. — Ele estalou os dedos, apontou para o barracão de drones. — Coloque-os lá. Traga Vietech.

Phong gritou as ordens em vietnamita, e os seus subordinados me carregaram e levaram a minha tripulação para o barracão enquanto ele gritava mais ordens no seu telefone. Os dois bandidos que me carregavam me lançaram no chão, empurraram os outros para dentro. Blondie se ajoelhou sobre mim e olhou para eles. O gângster mais jovem, que parecia ser o mais inteligente, fez uma pesquisa completa na mesa, virou-se e olhou para os livros e manuais nas prateleiras, procurando ferramentas que pudéssemos usar para escapar. O barracão é trancado por fora. Todas as ferramentas estavam no laboratório. Estamos lixados.

Talvez não... meu MacGyver interior sussurrou.

Os bandidos saíram. A porta do barracão rolou para baixo, as travas estavam presas na parte inferior de cada lado, arranhões. Estava escuro sem energia, os nossos olhos se ajustando ao brilho do ambiente passando por baixo da porta. Shocker, Ace e Bobby ficaram olhando para a porta. Shocker disse a Bobby: — Solte as mãos.

— Chefe. — Ele acenou para ela. Ele arreganhou os dentes, se inclinou e flexionou. A gravata de plástico era forte e impossível para a maioria dos humanos quebrar. Bobby deve ter exercido várias centenas de libras de pressão, um feito que dois de mim não puderam fazer. Ele deu um grunhido alto de satisfação quando estalou, braços enormes subitamente explodindo para os lados. Ace gritou quando o punho de Bobby o atingiu no braço, derrubando-o na parede de aço.

Shocker virou as costas para ele. Blondie e eu observávamos maravilhados enquanto ele trabalhava os seus dedos superdesenvolvidos entre os pulsos dela, segurava firmemente o plástico e latia uma explosão de esforço, os braços tremiam rapidamente, quebrando a gravata com um estalo alto!

Nota mental: nunca, SEMPRE, foda-se com Bobby. A lembrança de Big Swoll a lançar aquele matagal pela janela do restaurante me veio à mente e eu ri, ganhando alguns olhares que suspeitavam que eu estava delirando.

Big Swoll quebrou o meu próximo. O choque me fez ver flashes de luz na névoa negra que inundou os meus sentidos periféricos. Eu me inclinei contra a mesa. Fechei os meus olhos por um momento. Blondie, sem os braços, cerrou as mãos com indecisão furiosa. Eu a ajudei a sair. — Baby, pegue o meu Go Juice.

Ela respirou, visivelmente focada, agachou-se ao meu lado e enfiou a mãozinha no meu bolso da frente. Destemido pela dor ardente a dois pés abaixo dele, meu Johnson pensou em se aproximar mais de seus dedos em busca. Eu balancei minha cabeça. Há algo inerentemente errado comigo.

A sua busca provocadora rendeu um preservativo e um pequeno Ziploc com aproximadamente uma oitava de onça de cocaína. Uma "bola 8" para todos os fãs de velocidade atuais ou antigos que estão lendo isso. Os dedos da minha garota tremeram quando ela a abriu, os olhos inchados e o nariz rosado de emoção. Ela enfiou uma unha no saquinho e segurou um monte do adorável veneno branco debaixo do meu nariz. Eu exalei, me inclinei e bufei de uma só vez, gemendo, inclinando a cabeça para trás. Shocker me deu um "Pfff" enquanto o nerd e Bobby esperavam cspc rançosos.

A droga derreteu, liquidificando os meus seios nasais, absorvendo, passando pela barreira hematoencefálica em segundos. O zíper entorpecente assumiu o controle e decidiu que eu não precisava de vias neurais que relatassem dor, todos os nervos serão por estes meio controlados pelo Feel Good Act. Ferida de bala? "Pfff", eu disse e a garota-fera que franziu a testa em desaprovação por minha solução de primeiros socorros. Peguei o Ziploc da Blondie e descarreguei vários solavancos enormes, olhando Shocker desafiadoramente. Ela dobrou as asas bruscamente

Uma onda de energia inundou os meus membros. Eu tinha presença de espírito suficiente para saber que era passageiro e precisava me apressar e projetar uma maneira de sair disso antes que o meu corpo contivesse o Feel Good Act. A minha visão se estabilizou, o barraco e tudo nele se tornaram mais definidos, e com ele um plano começou a se agitar na parte da minha mente que permanece em espera, independentemente da minha saúde. — Eu tenho uma idéia. — Eu disse, me sentindo no controle mais uma vez.

Shocker pegou num rolo de papel de toalha e um rolo de fita adesiva de uma prateleira atrás dela, entregou-os a Blondie, que arregaçou a perna da minha calça e começou a construir uma compressa. Ela rasgou uma tira de fita, colocou-a sobre um maço dobrado de Brawny e disse: — Qual é o plano, Babe? — Ela prendeu o curativo na minha canela, depois fez outro para a minha perna antes de enrolar a fita várias vezes, finalmente parando o sangramento.

Eu olhei para a minha equipa, uma de cada vez. Shocker tinha uma vasta gama de emoções percorrendo todo o corpo, como se várias personalidades estivessem lá discutindo sobre quem deveria assumir o comando dessa situação. Ela ficou muito ofendida e ansiosa para fazer algo a respeito. Ace usava um olhar de determinação semelhante, embora menos agressivo, na sua mandíbula triangular. Bobby pareceu intrigado, provavelmente pensando em como ele chegou aqui connosco, loucos filhos da puta brancos, nesse enigma. Blondie sentou-se nos calcanhares, com as mãos na minha perna, olhando nos meus olhos. Ela encolheu os ombros de pânico, embora eu pudesse dizer que uma quantidade substancial de raiva foi suprimida entre os seus peitos em algum lugar, a energia que ela libertava nos nossos inimigos num momento mais oportuno.

Sentimentos aberrantes tomaram conta do meu peito, matando a minha excitação. Eu queria abraçar a sensação de ligação, mas simplesmente não era um dos meus instintos. Eu estava confuso. Eu senti que essas pessoas eram minha família agora. E isso me deixou muito desconfortável. E chateado, eu rosnei em pensamento, lembrando os homens lá fora. Eles machucaram inúmeras pessoas sem motivo ou lucro reais, e agora o meu esquadrão estava no radar deles. Heh. Gaydar. Chamei Diep de bicha... balancei a cabeça e bufei magnificamente. Ziiinggg! O sino tocou prazer desta vez.

Agora para os negócios.

— Diep ordenou que Vietech subisse aqui. Isso significa o que? — Eu perguntei aos dois gênios do computador.

Ace respondeu. — Ele vai encontrar o meu computador no seu laboratório. Acabamos de configurá-lo.

Blondie olhou para ele e sorriu, o seu otimismo totalmente restaurado. — Duvido seriamente que ele possa invadir o Wrecker.

Ace deu um meio sorriso. — De jeito nenhum.

— E o seu equipamento? — Perguntei à minha garota, embora soubesse que ela nunca guardava nada de vital nisso. Os meus olhos não podiam deixar de deslizar para um ponto entre as pernas dela.

Ela fez beicinho. — Ele poderia roubar minha coleção de livros eletrônicos.

Ace riu. Ele deu a Blondie um olhar convencido que dizia: Somos a merda e todo mundo é péssimo.

Ela sorriu, Mmm-hmm.

— Razor! — Choque latiu para mim. O meu olhar indignado apenas a fez colocar as mãos muito capazes nos quadris. — Pare de pensar no hoo-hah de Blondie e contenos a idéia.

— Desculpe. Me distraí. Estou a delirar com o ferimento da bala. — O meu tom sincero não pareceu convencê-la. Ela não acreditou numa palavra que eu disse, mas o meu esforço a fez ver que ainda estou nisso e apto a liderar.

— A DDA induzida por cocaína é mais parecida. — Disse ela, relaxando as mãos ao lado do corpo.

Blondie deu um bufo fofo e zangado, e olhou para mim e Shocker como, então você considera ferimentos de bala e cocaína como a razão pela qual ele não está focado, mas não é o meu hoo-hah?

Talvez eu tenha lido errado a expressão dela. Ela me agarrou para me ajudar a ficar de pé. Prendi a respiração, ignorei o fogo frio e entorpecido que alimentou a parte inferior da minha perna e me levantei. Segurei-me a ela e à mesa para me equilibrar. Soltei e esperei a minha cabeça parar de girar antes de falar. A repentina reposição do equilíbrio foi revigorante.

Suspirei. — Agora. Volte para a altitude. Vamos avaliar as nossas possibilidades de fuga. — Estiquei os braços e depois falei sem olhar diretamente para ninguém, os olhos correndo pelo barraco. Apontei para as colunas na prateleira atrás da mesa, subwoofers de oito polegadas em caixas pretas com médios e agudos para um som completo. Elas eram caras, e me stressou pensar no que tínhamos que fazer com elas. Eu disse em voz baixa: — Usaremos os ímãs daqueles Kenwoods para abrir as travas. Uma distração prenderá a atenção deles, para que possamos sair pela porta e desarmá-los. Precisamos das armas deles para correr descansados.

— Hum, pergunta. — Disse Shocker. — Tudo isso parece sombrio. Eles certamente não esperam nenhum ataque coordenado. Mas como vamos distraí-los daqui?

— Não estivessem.

— Hum...

Eu olhei para a minha garota. Ela leu os meus pensamentos e gritou, balançando os ombros. — Bebê! Eu queria fazer isso para sempre! — Ela bateu nos bolsos e olhou em volta num meio círculo antes de lembrar que os nossos telefones haviam sido pegos, assim como eu. — Merda. — Dissemos em uníssono.

Os olhos de Shocker se arregalaram de compreensão. — Você pode escaldá-los!

— Com os pequenos helicópteros da Blondie's. — disse Bobby, os músculos do peito pulando energicamente.

— Eles podem voar de Biloxi para Pass Christian? — Ace perguntou à minha garota.

Ela acenou um gesto delicado. — Não precisa. Abri uma

Blondie aqui no verão passado. O problema é que não temos telefone.

A minha mente correu com uma solução. — O seu velho Droid Razr está na mesa. — Eu disse para ela. O gângster errou na sua busca.

Ela fez beicinho novamente, este fazendo o meu otimismo renunciar. Ela olhou para Shocker duvidosamente, depois me disse: — Eu pensei sobre isso. Não funciona.

Não me lembro dela quebrando. — Hã?

— Eu usei a bateria para alguma coisa...

Lembrei me. — Seymour. Cadela.

Suspirei. Seymour era o seu vibrador. Suponho que não deveria me sentir tão irritado, considerando todas as vezes que testemunhei a sua habilidade magistral com o brinquedo. Mas não pude evitar. A atualização da bateria de Seymour arruinou o meu plano de nos tirar daqui (e, para ser sincero, eu tinha um medo irreprimível da maldita coisa, desde que ela ameaçou me convencer com isso amarrado e amordaçado).

Shocker pareceu verificar que "Seymour" mais uma bateria de telefone celular mais eu e Blondie eram iguais a algo sexual. Ela bufou os lábios com escárnio, depois sacudiu o rabo de cavalo e sorriu. Ace lançou-lhe um olhar envergonhado. Bobby olhou para a porta.

Por que parece que minha vida se tornou uma mistura de Filhos da Anarquia e de Ousado e Bonito?

Eu me contive de gritar. A minha mente drogada percebeu que eu tinha me desviado seriamente enquanto esfregava os meus olhos com coceira e desidratação. — DDA induzida por cocaína. — Murmurei, olhando em volta. Shocker abraçou brevemente Ace. A sua manga de compressão brilhava como se estivesse viva, um organismo vivo com os seus próprios pensamentos e drama, escalas reflexivas num corpo com poder soberbo...

Os meus olhos se arregalaram. Adoro quando um plano é apenas para ser. Apontei para o braço mágico de Shocker e proclamei grandemente — POWER.

Toda a gente olhou de mim para ela. Ace sorriu como uma criança encontrando um prêmio Cracker Jack. Ele disse: — Duh. Podemos ligar o telefone com o Power Felt!

— Shh — Shocker disse, olhando para a porta. — Não tão alto. — Ela mostrou os dentes, no entanto. — Devo aquecê-lo?

O rosto de Ace franziu em cálculos. — Uh, ela precisará transmitir vídeo ao vivo, o que exigirá os três pontos e sete volts completos. Então, sim. Aqueça, querida.

Os ombros da garota-besta relaxaram, os seus pés se arregalaram, mãos levantadas em punhos frouxos, e ela fluiu suavemente em caixas de sombras de intensidade luminosa, esquivando-se, tecendo, contornando o drone dando socos.

Blondie pegou o telefone em cima da mesa, estiletes tocando vibrações que os meus nervos supersensíveis desfrutavam. Ela vibrou ao meu redor, retornando ao meu lado, perfume sedutor tentador, testando o meu foco. Eu olhei para os seus peitos. Olhei para o Droid Razr que ela estava a desmontar. A parte de trás saiu, a caixa da bateria vazia, terminais de latão brilhando na penumbra lançada pela fenda debaixo da porta. Deixei o trabalho para eles, vendo Big Swoll pegar as duas colunas da prateleira atrás da mesa. Ele os colocou no concreto, de lado. Ele se levantou, o rosto mostrando relutância em relação à tarefa. Aumentou a sua bota de trabalho tamanho 14. Nós dois estremecemos quando ele pisou no primeiro, caixa composta explodindo como um macaco, vandalizado por travessuras.

Rapaz, a partir de agora estamos mantendo um

conjunto de ferramentas aqui. Então, droga, espero que eles não venham ver o que era esse barulho...

Com as duas caixas abertas, Bobby e Ace removeram os subwoofers, fragmentos irregulares de papelão saindo deles. Ace removeu um fio da coluna e o entregou a Blondie. — Isso serve. — Disse ela. Os seus pequenos dedos hábeis começaram a conectá-lo aos terminais positivo e negativo do telefone. Bobby colocou as colunas na porta e caminhou até assistir a minha garota trabalhar a sua magia de engenharia.

— Vamos tentar. — Ace disse a Shocker.

Ela parou, limpou o suor grosso da testa. O barraco estava sufocante nesse calor sem a porta aberta. Ace desconectou um fio que ligava a sua manga à blusa Power Felt. Blondie entregou a ele o fio que estava conectado ao telefone. Ele olhou de soslaio, beliscando os fios de cobre individuais, separando-os de onde eles se destacavam do isolamento transparente de calibre 16. Ele torceu alguns fios juntos no lado positivo, alguns no negativo, incapaz de usar todo o fio; estava muito grosso. Com as mãos que trabalhavam os fios finos com facilidade, ele deslizou o fio reduzido no plugue de saída do tanque suado de Shocker.

— Estamos no negócio. — Disse Blondie quando a tela do Droid ligou nas suas mãos, LCD banhando o seu rosto e os seios em branco brilhante. O telefone foi inicializado. Nós esperamos impacientemente.

— Eu quero ver a foto. — Bobby brincou com a minha garota.

— O que? — Ela disse. — A minha merda? — Ele assentiu. Ela cortou os olhos para ele. — Foi um pôr do sol épico, ok? Precisava ser compartilhado.

— Então compartilhe. — Ele respondeu, os dentes brilhando na penumbra.

Ela bufou: Esqueça, rapaz, depois olhou para mim, os

olhos procurando os meus. Ela se inclinou para mim, me beijou lentamente. — Sinto muito, Babe. Não há mais Facebook. Eu prometo.

Eu apenas olhei para ela. Ela não estava a sair tão facilmente. A minha não resposta reiterou a promessa de que vou lidar com você mais tarde. Ela aceitou isso com apenas um leve toque desagradável nos lábios deliciosos. Ela olhou para o telefone, usou a tela sensível ao toque para selecionar o teclado de discagem. Digitou um número e colocou na coluna. Tocou seis vezes.

— Olá? — Uma garota respondeu com uma voz irritada e você me acordou.

Sra. All Business Blondie: — Diana! Levante o seu traseiro. Você tem trabalho a fazer.

— Uh. Senhora? — Diana rapidamente perdeu a atitude. Eu sorri com isso. Cheirou um gotejamento.

— Eu preciso que você vá à boutique e prepare uma dúzia de cafés para a entrega do Draganfly.

— Uh...

— Você será paga por horas extras.

— Dupla hora extra. — Acrescentei.

Blondie assentiu. — Eu vou cuidar de você. Apenas se apresse.

— Tudo bem. — Disse Diana lentamente. — Vocês estão tendo uma festa ou algo assim?

— Ou algo assim. Quão rápido você pode estar lá?

— Hum. Talvez vinte minutos? — As capas farfalharam ao fundo. Eu não pude deixar de imaginar o nocaute loiro de dezanove anos a sair da cama com uma camiseta e calcinha. Eu cheirei novamente, os olhos correndo.

— Faça em dez. — Ordenou Blondie à sua funcionária. — Salte a rotina. Isso é uma emergência.

— Sim, senhora.

— Ligue para mim assim que chegar lá.

— Tudo bem. Eu ligo de volta.

Blondie encerrou a ligação. Shocker olhou para ela e comentou: — Eu fiz os meus funcionários me chamarem de Chefe ou Clarice. Minha senhora, me faz sentir velha.

Blondie deu de ombros. — Senhora me faz sentir como uma senhora.

Shocker ficou excitada. Ela gesticulou para mim. — Eu pensei que ele era o chefe da prostituta.

— Oh, eu sou. — Assegurei a ela, depois apontei para as meninas. — E eu tenho duas das melhores prostitutas que já jogaram os seus peitos nessas ruas.

Blondie deu uma palmada na minha cabeça. Os olhos de Shocker se estreitaram, mas ela não conseguia parar de sorrir. Ace e Bobby riram. Não é ótimo encontrarmos humor em momentos como este?

Não há ninguém mais fresco do que a porra do meu grupo, grupo, grupo, meu subconsciente repetiu.

Olhei para Big Swoll, percebendo que não sabia absolutamente nada sobre ele. Eu perguntei: — Então, qual é a sua história? Eu sei um pouco sobre os fugitivos, embora nada sobre você. — Eu ri. — Bem, exceto que você pode esmagar gângsteres do Hulk e colunas de som.

Ele olhou para Shocker. Entrelaçou as mãos na frente dele, ampliou a sua postura. — Não há muito a dizer, na verdade. Sou casado com uma mulher maravilhosa. Temos seis filhas. — Os olhos de Ace se arregalaram com a descrição "maravilhosa" da esposa de Bobby. Big Swoll encolheu os ombros. — Eu costumava trabalhar para Clarice fazendo pintura e pintura corporal. Agora eu faço por mim mesmo. E atualmente estou treinando para uma competição amadora de bodybuilding.

Isso explica por que ele liga para o chefe dela. Eu

assenti, pensativo. Olhou para os braços vasculares. — Incrível. Vamos ao seu espetáculo. — Por alguma razão, me senti compelido a apertar a sua mão. Eu fiz isso, Blondie franzindo a testa para mim. Eu nunca aperto as mãos. Eu disse — Prazer em trabalhar com você.

— Você também. — O seu sorriso brilhou no seu rosto escuro.

Apertei a mão de Ace. Shocker. Coloque uma mão no ombro da minha garota. — Vamos sair disso. — Disse à minha equipa, muito sério. —E terminaremos o trabalho.

Toda a gente me assistiu. Eu olhei para cada um deles nos olhos, sabendo que fazia parte de algo verdadeiramente especial. Essas pessoas estavam lutando por uma boa causa, sem percentagem para si mesmas. E a melhor parte?

Eles eram criminosos!

— Cadela.

Diana chegou à boutique em onze minutos. Ela ligou para Blondie. — As máquinas estão ligadas. A água estará quente em alguns minutos. — Relatou ela. Imaginei-a atrás do café, zumbindo grandes máquinas de aço inoxidável, aquecendo a água que se tornaria a nossa arma.

— Ferva. Mais quente que o normal. E eu não me importo com o tipo de café que você faz. Basta colocar muito chocolate e creme.

— Sim. Isso vai ficar com eles. — Disse Bobby.

— Ficar com eles? — Diana disse confusa.

— Não importa. — Disse Blondie, franzindo a testa para Bobby. Ele imitou fechando os lábios. — Prepare-nos seis Draganflies prontos para entrega.

— Sim, senhora.

Esperamos talvez mais dez minutos, Diana estava se movendo rapidamente, ansiosa para impressionar pelo pagamento em dobro de horas extras, antes que o café estivesse pronto para voar. Blondie acessou ao site da sua loja, digitou a sua pass e conseguiu visualizar seletivamente o que cada helicóptero viu e até podia assumir o controle de vôo, se quisesse. Mestre de bonecos voadores. — Ah, sim. Nós vamos mexer com eles. — Ela disse aos seus Draganflies. Olhou para mim.

Eu disse: — Coloque uma sobrecarga para que possamos descobrir o que Diep está a fazer. Ele não vai nos deixar aqui. Esconda os outros cinco por perto até precisarmos deles. Vamos nos reconectar primeiro e depois decidir como atingi-los.

— Apanhei vocês. — Ela folheou a tela, selecionando uma função no site que lhe permitia conversar com os seus funcionários enquanto pilotava. Ela ligou para o telemóvel de Diana.

— Senhora?

— Eu preciso da sua ajuda, hum, entregando estes.

— O-kay... — Ela fez uma pausa perplexa. E disse: — Eu pensei que estava a enviar para você.

— E está. Mais ou menos. — Blondie respirou, olhou para todos. Havia uma chance dessa garota enlouquecer e chamar a polícia. Shocker e Ace, estando na lista dos Mais Procurados do FBI, certamente não podiam pagar por isso. E Blondie e eu nos deixamos morrer antes de ligar 112. Ela teve que solicitar a ajuda de Diana com cuidado. — Lembra quando eu te disse como poderíamos jogar café em pessoas que se ferraram conosco?

Ela riu. — Como eu poderia esquecer? Eu tenho, tipo, dez ex-namorados que eu gostaria de fazer isso.

— Bem, como você se sente sobre bandidos asiáticos?

— Gângsteres? Você está falando sério?

— Ela está falando sério, Diana. — Disse. — Apenas finja que você está jogando Angry Birds.

Ace riu — Draganfly irritado.

Bobby e Shocker olharam surpresos para ele. Aparentemente, ele não faz muitas piadas.

Blondie, com a boca entreaberta, como se estivéssemos roubando o seu papel no programa, esticou um quadril, plantou uma mão exasperada sobre ele e nos repreendeu: — Com licença.

— Mea culpa, Babe. — Eu gesticulei, por favor, continue. Todos prestaram atenção mais uma vez.

Ela disse à funcionária: — Sim, estou falando sério. Preciso que você nos ajude a sair de uma situação ruim. Você pode voar melhor que qualquer outra pessoa. Vamos resolver qualquer problema com a polícia. — Acrescentou apressadamente, como Diana começou a protestar. — Eu sei que você não é do tipo de garota má. Isso realmente não é contra a lei. É legítima defesa.

— Estamos ajudando a aplicação da lei. — Acrescentei, fazendo Shocker dar uma risadinha, envergonhando-se.

— Ajudando a aplicação da lei. — Disse Diana cinicamente. Imaginei-a com um beicinho relutante. Ela suspirou como se soubesse que se arrependeria disso. Então cedeu. — Então esses bandidos estão lá agora?

* * *

Diana pousou cinco Draganflies no lado sul do telhado do prédio, escondendo-os dos nossos inimigos e tornando-os rapidamente acessíveis. Blondie controlava o número 6, pairando quinze metros acima da garagem, enquanto Shocker fazia uma caixa de sombra para manter o telefone excitado.

Eu olhei para a tela do Droid. A câmera do Draganfly mostrava o topo da garagem: dois barracões, o El Camino,

Ford e a minha Suzuki, todos de aparência minúscula. O telhado do condomínio atrás de nós, uma estrada de faróis na frente. Luzes da rua em todos os lugares. Blondie deu um zoom no nosso barracão. Dois vietnamitas estavam do lado de fora da porta, a cinco metros de distância, perto da borda. Ela virou a câmera no laboratório. A porta estava aberta, uma luz acesa por dentro. Sim, eles trouxeram uma fonte de energia. Uma bateria e um inversor de energia. Ou uma célula de combustível. Eu teria ouvido um gerador...

Blondie chegou mais perto e deu um zoom dentro. Várias mesas de aço foram posicionadas em torno das paredes do laboratório, carregadas de ferramentas e vários equipamentos em fileiras organizadas, mais nas prateleiras acima das mesas. Consumíveis e outros suprimentos em baixo do chão. Numa bancada à esquerda, havia um enorme computador preto, o Ace's Wrecker, com um garoto asiático sentado na frente dele.

— Vietech. — Blondie rosnou.

— É ele? — Shocker disse do outro lado de Blondie. — Ele parece ter doze anos.

— Eu não sei quantos anos ele tem. Tem que ter pelo menos vinte e cinco. — Disse Blondie.

Ace afastou a garota e apertou os olhos para a tela. — T'heh. Ele não consegue nem passar pelo protetor da tela.

Blondie sorriu para ele, mas perdeu o espírito quando olhou de volta para o telefone. — Uh-oh. O que é isso?

Eu olhei atentamente. Vários bandidos bem vestidos saíram para o telhado e foram para a nossa prisão. Eu disse: — Se eles entrarem, coloque as suas mãos atrás das costas. Siga a minha orientação. — Todos sussurraram ou concordaram.

Vimos quando eles pararam do lado de fora e prenderam algo próximo à porta, sobre o ombro. Blondie deu um zoom nela. O dispositivo era do tamanho de um Big Mac, quadrado, de cor escura com vários fios e dois LEDs vermelhos. Suspirei. — Diep tem as coisas boas. Isso não é mais divertido.

Ace olhou atentamente para o Droid. — É um explosivo com um detonador remoto. — disse ele, apenas relatando os fatos. — Um velho Claymore.

Shocker parou de fazer shadowboxing e lançou-lhe um olhar aterrorizado. O nerd nele secou e o marido-pai veio à tona. O pânico pulsou quando ele se aproximou da sua esposa e a abraçou, o stress afetando Bobby, depois nós. Eu não conseguia imaginar o que estava passando pela cabeça deles. Eles tiveram filhos. Famílias. Blondie apenas parecia chateada. Eu ainda não tinha opinião, provavelmente devido ao choque da ferida e à droga fantástica que amortecia as minhas emoções.

Oque me lembra...

Eu sentei na mesa. Peguei meu Ziploc e bufei uma grande dose em cada narina. — Aaaahh! Melhor. — Eu guardo isso. Limpei as minhas narinas, dedos. Sorri largo para o meu esquadrão. — Vamos acelerar a nossa saída?

A garota-besta apertou os punhos na frente dela, frustrada comigo, com eles, o mundo. — Seu maldito lunático. — Ela me disse. Ela apontou para a porta. — Há uma bomba prestes a nos transformar em poluição do ar e você está ficando chapado?!

— Eu não estou ficando chapado. — Eu fiz uma careta defensiva. —Eu já estava chapado.

Os olhos dela apenas ficaram vermelhos. Eu olhei para o telefone. Blondie trabalhou a câmera do helicóptero para que pudéssemos ver os bandidos entrando no laboratório e fazendo um gesto para Vietech se apressar. O hacker nem sequer se virou para olhá-los, completamente absorvido por invadir o monstruoso computador de Ace, com os olhos fixos na tela enorme à sua frente. Eu mal conseguia entender que ele estava digitando furiosamente no teclado. Ela girou a câmera de volta ao nosso barraco. Os bandidos que estavam nos protegendo olhavam para a bomba e murmuravam um para o outro, tocando as armas na cintura nervosamente.

Coloquei a mão no ombro da minha garota. — Faça Diana posicionar as outras Draganflies sobre o laboratório. Diga a ela para escaldá-los assim que eles saírem, depois descarregue o spray de pimenta. Ao meu sinal escalde os dois do lado de fora da porta. Quando sairmos, coloque a bomba num voo para o oceano.

— Entendi Raz. — Os olhos dela se estreitaram. Ela começou a ligar para Diana.

— Espere. Espere, espere, espere. — Eu disse, com os olhos fechados. Balancei a minha cabeça como se tivesse deixado de fora algo vital. Olhei para ela. — Nós precisamos de música.

Ela sorriu concordando.

Shocker bufou e disse: — Você é inacreditável.

— Eu sei. — Eu atirei algemas imaginárias, alisei o meu cabelo para trás.

— Por que você está de bom humor? Pantera? — Perguntou Blondie.

Olhei em volta, tocando um dedo nos meus lábios. Entendi! — Man in the Box by Alice in Chains.

— Alice quem? — Bobby disse.

Blondie riu, chamando Diana. Shocker pareceu reconsiderar o seu ridículo depois de ouvir a minha escolha de música. Ei, a música deve se encaixar na configuração, certo? Não vi razão para não fazermos isso com estilo.

Eu balancei a cabeça para a garota-animal. — Apenas

faça o que quiser. Tira-os. — Ela resmungou. Eu disse a Ace: — Uh, não atrapalhe. Bobby, pegue uma coluna.

Fui mancando até a porta e peguei um subwoofer. Big Swoll agarrou o outro. Nos agachamos pelas laterais, ele à esquerda, eu à direita e prendemos os ímãs ao aço, bem no fundo, onde estavam as fechaduras deslizantes. Eu olhei para a minha garota. Ela assentiu, pronta. Eu sorri para ela e disse: — Vamos tocar.

Dois segundos depois, pela fina porta de aço, ouvimos acordes de guitarra de heavy metal precedendo salpicos fracos e dois uivos altos. Nós arrastamos as colunas através do metal rapidamente. As fechaduras se abriram, a porta se abriu levemente. Puxando as colunas, empurramos a porta e saímos.

Bobby, com duas boas pernas, chegou primeiro aos nossos guardas. Ele bateu neles enquanto eles pegavam as suas armas, batendo uma nas costas. Eu pulei em cima do gangster caído e o apresentei. Repetidamente. Então eu o virei e tirei a minha navalha do bolso. Um alívio indescritível me inundou quando eu apalpei a maçaneta, embaí. Eu disse ao homem inconsciente: — Obrigado por segurar isso para mim.

O outro guarda estava parado perto da borda do telhado quando Bobby o atingiu. O golpe teve tanta força que o tipo voou para o lado e teria caído seis andares se Bobby não tivesse estendido a mão e o agarrado. O rosto do gângster mostrou alívio num microssegundo antes de Bobby esmagá-lo no esquecimento com um cotovelo enorme.

Salpicos e gritos nos alertaram para os capangas saindo do laboratório. Shocker já estava neles, punhos de fúria batendo em os seus corpos escaldados e pulverizados com pimenta. Quatro Draganflies zumbiram sobre a luta. — *I'm the man in the box!* — As suas minúsculas colunas lamentavam, surpreendentemente alto, estimulando o desempenho de Shocker.

Blondie largou o telefone e pegou o explosivo. Um Draganfly desceu, pilotado por Diana habilmente, e Blondie jogou a bomba numa caixa de carga. Zumbiu rapidamente, desaparecendo na direção do Golfo. Blondie não perdeu tempo assistindo, confiando em Diana para lidar com isso. Ela correu para ajudar Shocker, arrancando uma arma da mão de um inimigo exatamente quando ele apontou para a lenda feroz. A pistola lançou uma língua de fogo no céu noturno e, segundos depois, uma Draganfly bateu no caminhão de Blondie. Ela viu seu trabalho de pintura arruinado, gritou de raiva e golpeou o alvo na cabeça com a sua própria arma. Virou-se e apontou para o bandido ainda de pé. Ele levantou as mãos. Shocker se afastou dos dois que ela havia tirado, caminhou até ele quase indiferente e perfurou-o com uma ponteira à direita. Sua tentativa de bloquear o soco dela foi cômica. Ele juntou os seus amigos no concreto.

— Isso aí! — Resisti ao desejo de tocar a minha guitarra, mancando até ao laboratório, ignorando o assustado nerd vietnamita que balbuciava apelos incoerentes enquanto procurava a sua fonte de energia. — Onde está? — Gritei para Vietech.

— O que? — Os seus óculos pareciam tão frágeis quanto a sua pequena armação, maçãs do rosto afiadas e queixo patético apenas implorando pelo meu punho.

— A célula. — Rastreei o cabo de força do computador com os olhos.

— EU...

Crack! Eu dei-lhe um estalo. — Não importa. Eu encontrei.

Blondie entrou atrás de mim e a pistola chicoteou o seu rival guinchando para dormir enquanto eu desligava a lâmpada e o computador da célula de energia. Bobby viu que eu estava lutando para carregá-lo e pegou. A maldita coisa não era tão pesada, era do tamanho de uma grande almofada de sofá, talvez quarenta kilos, armação de metal com várias baterias de ciclo profundo nela. Mas a minha perna não estava indo para isso, entorpecida ou não.

— Onde? — Bobby disse.

— Lá fora. Caixa de disjuntores na entrada.

Ele saiu correndo. Olhei à volta e peguei num fio debaixo de um banco, correndo atrás dele. O pessoal de Diep havia cortado a energia nos principais disjuntores ao nível do solo. E precisávamos de fechar a porta do cofre antes que respondessem ao tiro. A célula de energia era a única fonte que poderia fazê-lo.

Shocker andava de um lado para o outro na frente das suas vítimas, veias salientes por toda parte, rosnando em seu adorável modo demoníaco, parecendo que esperava que um deles acordasse para que pudesse colocá-los de volta no sono. Eu balancei a cabeça para ela, correndo mancando até a caixa do disjuntor. Bobby, ajoelhado ao lado da porta aberta do cofre, ajustou os mostradores na leitura digital da célula de energia. Tropecei ao lado dele e abri o painel no concreto ao lado da porta, passei um dedo pelos disjuntores, parando no que precisávamos.

— Eles estão a vir. — Relatou Blondie, olhando pela entrada, descendo a rampa. Motores de corrida e pneus rangendo de vários veículos ecoaram os níveis. Tivemos que fechar a porta rapidamente.

Eu peguei o disjuntor. Empurrei-o e olhei para o fio na minha outra mão. Era um pedaço de extensão, menos os plugues nas extremidades, fios brancos, verdes e pretos envoltos em isolamento laranja. Eles já estavam despidos, felizmente. Pressionei o fio branco na fenda do disjuntor e forcei-o de volta ao seu lugar por cima, tendo que me esforçar o suficiente para me fazer ver estrelas. Tonto, virei-me para a célula de energia. Como um gerador, ele tinha várias tomadas. Eu escolhi aquele para aparelhos de 240 volts, deslizando rapidamente o fio branco no slot curto e o fio preto no slot alto.

— Entendeu? — Blondie perguntou do outro lado da entrada, a mão apoiada na frente do teclado. Os sons do esquadrão da morte de Diep logo abaixo de nós e se aproximando rapidamente fizeram os seus olhos dançarem com apreensão.

Fiz que sim com a cabeça, fiquei bêbado e me virei para a caixa do disjuntor. Peguei no fio preto e o toquei na carcaça de metal do painel, aterrando o circuito. O teclado se iluminou e o motor da porta tinha energia. Blondie digitou freneticamente. Soltei um suspiro quando a porta começou a se fechar.

Os tubos de escape da Honda altamente acelerada berravam na rampa do quinto para o sexto nível. Um Accord amarelo foi o primeiro visível, um trem de Toyota multicolorido e personalizado e Acura atrás dele. O motorista do Accord viu a porta do cofre se fechar e atirou. A porta estava quase fechada quando ele bateu nela. A destruição estrondosa do seu carro sacudiu o prédio. Blondie gritou quando projéteis de plástico e vidro voaram pela abertura e dilaceraram os seus braços erguidos, um pedaço de para-choques amarelo cortando o seu antebraço.

A porta esmagou o para-choques, a grade e o capô do carro como um compactador de lixo antes de parar. A brecha era grande o suficiente para uma pessoa passar. Eu não tinha planos de segurá-los com as poucas armas que pegamos, a nossa munição acabaria antes da deles. Precisávamos sair desse telhado.

Agarrei os ombros de Blondie, procurando-a por perguntas debilitantes. — Você está bem?

— Sim. — Ela apertou o antebraço sangrando, olhando para a porta ainda aberta. — Eles aparecerão num minuto. Vamos descer a corda?

— Só caminho. Me dê uma arma. — Ela me entregou uma Beretta preta, 380. Eu a beijei e dei um sorriso encorajador. — Leve-os para a rua. Plano B.

— Tudo bem. Depressa.

Ela correu até a beira do telhado de frente para os condomínios e pegou num saco de lixo preto. Abriu e puxou a corda de trinta metros para dentro. Ela se certificou de que uma das extremidades ainda estivesse firmemente presa à sua âncora e a atirou. Ela disse a todos para seguirem e desceu primeiro, cabelos loiros voando a esmo.

Shocker me deu um olhar preocupado. Acenei para ela descer e enfiei a Beretta na porta, arrancando algumas doses. Eu não conseguia ver onde estavam os meus alvos, mas eles imediatamente devolveram fogo, balas de pistolas e rifles semiautomáticos pingando no aço grosso contra o qual eu colocava as minhas costas, alguns zunindo pela abertura, indo direto para os condomínios. Pelo menos ainda ninguém mora lá, pensei, estremecendo com as vibrações concessivas que ecoam da porta.

Assim que o tiroteio terminou, eu me virei e atirei pela abertura novamente, esperando que a arma tivesse um clipe completo. Olhei para a minha equipa. Blondie, Ace e Bobby tinham saltado, Shocker apenas passando por cima da borda. Assim que ela deslizou, eu corri e me repeli antes que alguém aparecesse e visse como escapamos.

Eu podia ouvir Diep latindo ordens para Phong, que gritava vietnamita rápido e severo para os seus soldados. De repente, uma fuzilada de balas entrou na porta, ricocheteando perigosamente no carro e no concreto. Eles estavam tentando me acertar com um rebote. Olhei para a corda, julgando Shocker ter descido a maior parte do caminho até agora. O fogo concentrado parou, os homens recarregaram e eu atirei novamente contra eles, os estouros minúsculos após o impressionante ataque. Quando eles abriram fogo novamente, larguei a Beretta gasta e corri para a corda.

Os quinze metros da minha saída eram demais para a minha perna. A maldita coisa decidiu que agora era o momento perfeito para se recusar a trabalhar. Tropecei nos meus próprios pés, peito e cotovelos sofrendo o impacto, pequenas pedras quebrando a pele. Eu engasguei. Foda-se essa dor. — A dor percorreu todo o meu corpo. A névoa negra voltou, e eu não tive controle por um momento. Eu subi, a visão clareando um pouco. Recuperei a consciência total, percebi o que havia acontecido e me virei para olhar a entrada, à medida que vários gângsteres saíam da frente amassada do Accord, através da brecha, os MAK 90s em suas mãos.

Eu me virei e fiz o meu melhor para me arrastar até a corda, a âncora e o nó ainda a mais de dez metros de distância. Eu não ia conseguir. — Vamos atrás da Tiger Society. — Eu disse em falsete, imitando-me. — Vamos melhorar as coisas. — Suspirei um rosnado. — Você é péssimo, Eddy.

Eu decidi que não sairia como um vira-lata pisoteado. Levantei-me e encarei os homens que eu sabia que esvaziariam os seus clipes de 30 voltas no meu corpo. Quatro já haviam terminado e tinham seus rifles de assalto direcionados diretamente para mim, andando com ódio enrugando o rosto. Eu bufei o meu gotejamento final adorável. Bati os meus lábios de prazer, depois disse para eles: — Beije o meu traseiro.

Eu os teria enaltecido se não achasse que cairia de cara.

Eles não atiraram imediatamente, sabendo que me tinham. Eles se espalharam, agacharam-se e examinaram o telhado como se soubessem o que estavam fazendo, levaram as suas armas aos ombros para me desperdiçar. Sorrisos triunfantes esticaram as bochechas, os dedos apertando os gatilhos, expressões abruptamente ficando assustadas quando foram arrancadas dos pés em rápida sucessão. O fogo silencioso do atirador furtivo passou por trás de mim. Thud-thud-thud-thud, eles caíram como alvos de videogame.

Eu soltei uma risada. Girei. No telhado dos condomínios havia uma figura de preto, um familiar rifle montado num tripé à sua frente. — Loc. — Eu murmurei. Então ficou bravo. Eu balancei os dois punhos para ele, apontei para a minha perna. — Agora você ajuda?! Você está um pouco atrasado!

Ele deu de ombros. Com o alívio de não estar morto, veio a inspiração para cavar fundo e me esforçar para trotar mancando pela corda. Eu ouvi mais dois homens gritarem quando eles atravessaram a brecha e deram a volta no misterioso atirador de elite da nossa equipe. Eu deslizei completamente rápido demais, braços fracos incapazes de fazer as minhas mãos agarrarem o nylon, palmas das mãos queimavam severamente. Eu consegui descer quatro níveis antes de desmaiar e cair no nada sem dor.

SOBRE O AUTOR

Henry Roi nasceu e cresceu na Costa do Golfo do Mississipi, e ainda encontra a sua inspiração nos seus lugares e nas pessoas.

Como tutor de GED e instrutor de fitness, trabalhando cara a cara e online, é um defensor da educação de adultos em todas as suas formas. Muitas campanhas e interesses pessoais incluem arte de tatuagem, reforma prisional e mecânica automóvel.

Atualmente trabalha em publicações, como editor e publicitário. Ele foca-se particularmente na promoção de escritores indie talentosos, organização de críticas, entregas de campanhas mediáticas e blogs.

Se não tiver a sorte de apanhá-lo a pescar no Farol de Biloxi ou a ensinar artes marciais no seu ginásio local, ele pode ser encontrado no Twitter ou no Facebook, sob o comando de Henry Roi PR.

CPSIA information can be obtained
at www.ICGtesting.com
Printed in the USA
BVHW010631260121
598677BV00011BA/274/J

9 781034 286837